Nuovi

Impostazione grafica di copertina: Federico Luci

ISBN 88-06-34280-0

Mario Rigoni Stern
Storia di Tönle

Einaudi

Storia di Tönle

Ogni sera sulle rive del Moor una vacca restava immobile a guardare. Si ergeva contro il cielo chiaro sopra la linea dell'orizzonte e le faceva da basamento il riporto di terra scavato dalla montagna nella primavera del 1916 per fare posto e riparo a una batteria di cannoni.

Malinconico e assorto, rannicchiato nella poltrona di vimini e con una coperta che lo avvolgeva a ripararsi dall'aria fredda, Gigi Ghirotti guardava anche lui in silenzio.

Poi disse sottovoce: – Cosa guarderà quella vacca? O cosa penserà? La vedo sempre lí tutte le sere. Forse, – aggiunse al mio silenzio, – vorrà riempirsi dentro di queste ore, con le immagini e i rumori, per quando la neve e il freddo la terrà rinchiusa per mesi nella stalla. O per quando sarà morta.

– Forse, – risposi allora, – aspetta di vedere sorgere il sole. Non vedi come guarda sempre verso mattina?

Intanto giú dai boschi e dalla montagna scendeva la notte; ma anche nel buio, contro il cielo stellato, la vacca restava immobile a guardare. Era come il tempo.

Incominciai allora a raccontare a Gigi la storia di Tönle Bintarn.

Capitolo primo

Dal margine del bosco, guardingo come un animale selvatico che aspetta l'imbrunire per uscire allo scoperto, guardava la sua contrada, e il paese laggiú, dentro lo slargo dei prati. Il fumo odoroso della legna si scioglieva nel cielo rosa e violetto dove le cornacchie volavano a gruppi, chiamandosi.

La sua casa aveva un albero sul tetto: un ciliegio selvaggio. Il nocciolo dal quale era nato l'aveva posato lassú un tordo sassello tanti anni prima espellendolo in volo e l'umore di una primavera l'aveva fatto germogliare perché un suo avo, per difendere l'abitazione dalla pioggia e dalle nevi, aveva steso sopra la copertura altra paglia, sicché quella sotto era diventata humus e quasi zolla. Cosí il ciliegio era cresciuto.

Tönle Bintarn, guardando, ricordava che da ragazzo, dopo la mietitura delle segale, si arrampicava dalla parte della stalla dove il grande tetto quasi si unisce al declivio del monte e a una a una piluccava tutte le piccole ciliegie dolcissime e nere prima che i merli e i tordi venissero a metterci il becco: erano come il miele e per giorni la tintura del loro succo gli restava sulle mani e attorno alla bocca, e l'acqua del Prunnele non riusciva a toglierla. Ma d'autunno il rosso pastello delle foglie si notava anche dalla cima del Moor, come un'orifiamma che ingentiliva e distingueva tra le altre la povera casa.

Ora, nella sera di dicembre, i rami erano un geroglifico sullo sfondo del cielo e se non fosse stato per un leggero fumo che usciva dagli sfiati di pietra sotto gli sporti dei tetti, le case della contrada sarebbero apparse tutt'uno con il terreno coperto dalla neve. (Le nostre abitazioni, allora, non avevano comignoli: una gola, dalla stanza principale, sboccava nel sottotetto dove una cesta di bacchette intonacate di creta smorzava le faville: il fumo cosí si spandeva per la vasta soffitta mantenendo un prezioso tepore sopra la casa e anche affumicava e induriva le travi di larice delle capriate preservandole dai secoli).

Ci mancava da nove mesi, e sue notizie le aveva fatte avere da Ratisbona un giorno che aveva incontrato un paesano che rientrava in Italia. Gli era andata cosí.

Come sempre, da quando non era piú un ragazzo, ogni inverno doveva fare tre o quattro viaggi al mese oltre il confine con il carico. Di là portava scarpe con le brocche per gli uomini e capi di abbigliamento per le donne, di qua portava zucchero in pani, acquavita e tabacco in rotoli; e con un viaggio, se gli andava bene, riusciva a guadagnare quel tanto per comperare uno staio d'orzo o di farina da polenta, o una olla di formaggio salato o un paio di stoccafissi.

Solamente, non era tanto agevole quel commercio perché, dopo il 1866, i passaggi facili erano guardati dalle regie guardie di finanza che non sempre li lasciavano passare e al grido «fermi altolà!» dovevano abbandonare la soma e correre via. Ma accadeva pure che i contrabbandieri organizzati in gruppi riuscivano a passare per i luoghi di controllo segretamente accordati prima, pagando per ogni carico il pedaggio di una lira d'argento nel berretto di una guardia.

Con Tönle si erano messi insieme quattro compagni della contrada e fin dove era possibile seguivano le tracce delle slitte per la legna, dopo entravano nel fitto del bosco e per non lasciare segni evidenti camminavano sotto gli alberi dove la neve è sempre piú dura; in alto avevano la loro pista per rocce defilate fino al confine. Il pericolo era scendere al di là, nel territorio di Francesco Giuseppe, non per gli imperiali regi gendarmi ma per le slavine che sovente precipitavano dalle cime per i canaloni della Valsugana. (Ancora vive in qualcuno il ricordo di un padre di famiglia, artigiano calzolaio, che fu travolto nel Vallone delle Trappole. Venne ritrovato in agosto dai cani dei pastori e sulle spalle teneva ancora legato stretto il sacco con gli zoccoli).

Per farla breve, nel marzo di quell'anno che inizia la nostra storia, Tönle Bintarn stava ritornando a casa con un carico in spalla. Nelle vicinanze dell'abitato come sempre i compagni si erano divisi per i vari sentieri per non dare nell'occhio e lui, con passo prudente ma sicuro, scendeva dal Platabech. Le brocche da ghiaccio mordevano nella neve gelata che ancora resisteva nei tratti in ombra; in meno di mezz'ora sarebbe stato a casa con i figli e la sua donna, a riposare e dormire al caldo e all'asciutto. A portare la merce a destinazione avrebbero poi pensato la moglie e Petar, il figlio maggiore.

Quando sentí l'altolà fu piú sorpreso che se gli avessero sparato una moschettata; ma non lasciò il carico per essere libero di correre, era troppo vicino a casa ormai, e con un salto verso valle si staccò dal sentiero. Lí sotto era pronta la seconda guardia di finanza e come lui toccò terra sentí afferrarsi per un braccio e il grido di rito: – Fermo! Sei preso!

Fu allora, quando si sentí afferrare per il braccio, che si svincolò e con il bastone tirò a caso un colpo. La guardia urlò e andò per terra. Lui si mise a correre giú per il bosco dove già fioriva la dafne; sentí gli spari e le pallottole che troncavano i ramoscelli di faggio sopra la sua testa e poi gridare: – Alt! Alt! Fermati, – e le cornacchie che gracchiavano e un merlo spaventato, e poi ancora: – Alt! Fermati, ti abbiamo riconosciuto!

Si fermò in un posto da dove poteva osservare senza essere veduto. Le due guardie scesero per i pascoli; uno sosteneva il compagno che teneva con una mano il fazzoletto contro la testa. Vide che si fermarono un po' a parlottare con il vecchio Ballot che stava preparando il campetto per la semina delle lenticchie; passarono attraverso i prati dei Grebazar, si fermarono ancora al Pach dove con l'acqua corrente bagnarono e lavarono la testa ferita e si avviarono finalmente verso le prime case del paese.

Allora scese di corsa. Lasciò il carico nello stabbio dello Spille e piú veloce ancora arrivò sino a casa. In fretta spiegò alla moglie e al padre come stavano le cose, prese qualcosa da mangiare e ritornò nel bosco per nascondersi sotto una scaffa che ben sapeva.

Dopo un'ora guardie di finanza e carabinieri al comando di un ufficiale erano arrivati alla contrada. Naturalmente perlustrarono tutta la casa, dalla cantina al fienile, senza nulla trovare se non povertà. Nella stalla, il cui pavimento si era alzato almeno di un metro per lo strame di foglie e letame dell'intero inverno, sicché il muso delle pecore arrivava alla finestretta e loro potevano guardare fuori con grande voglia i pascoli del

Poltrecche dove già fiorivano i crochi, un graduato fece muovere le sei pecore e le tre agnelle se per caso il criminale non fosse nascosto tra esse.

Infine il tenente fece radunare davanti alla casa tutti gli abitanti della contrada. Disse con accento napoletano: – Una regia guardia di finanza è stata gravemente colpita nell'esercizio del suo dovere; sappiamo chi è il feritore, e anche voi lo sapete. Se entro poche ore il criminale si presenta avremo clemenza. Altrimenti... – e lasciò sospesa la minaccia stringendo a pugno la mano inguantata. Poi continuò: – Se gli darete ricovero e aiuto anche voi sarete ritenuti colpevoli. Capito?

Nessuno aggiunse parola. Solo un vecchio borbottò qualcosa in un dialetto che certo gli altri non capivano.

– Andiamo! – ordinò l'ufficiale ai suoi uomini. E in fila per due ritornarono verso il paese per la stradella delimitata da lastroni di pietra. Al loro passaggio i cani abbaiavano.

Il fatto del ferimento della guardia di finanza da parte di Tönle Bintarn si seppe nel paese capoluogo e in tutti gli altri borghi del circondario con una rapidità telefonica, anche se telefoni ancora non ce n'erano. Il pretore aprí una pratica; il sottoprefetto chiamò a rapporto il regio commissario di polizia, il comandante delle guardie di finanza e quello dei reali carabinieri. Ma piú di tutto se ne parlò nella bottega del Puller, il barbiere-calzolaio che raccoglieva e diramava notizie e informazioni per contrabbandieri e guardie, funzionari dello Stato e osti, bottegai e sergenti furieri, boscaioli e malghesi, cacciatori e preti.

L'incidente, quella stessa sera, fu anche argomento

di discussione alla mensa ufficiali della 63ª compagnia alpina del presidio. Tra i giovani ufficiali piemontesi venne criticato il comportamento di questa gente di confine e la loro selvatichezza; e venne anche ricordato quando il famoso capitano Casati dovette intervenire con una compagnia di bersaglieri contro un centinaio di montanari che senza la superiore autorizzazione volevano sboscare legname dai boschi consortili. Cosa credono costoro? Ma il tenente Magliano, che alla regia commissione di leva si premurava di segnalare alcuni nomi perché venissero assegnati al suo reparto, e ricordando anche che il feritore era stato zappatore nel suo plotone quando lui, sottotenente fresco di accademia, era stato mandato in questo nostro paese, impose fine alla discussione invitando i commensali a intonare in coro una canzone che proprio in quei giorni aveva composto sull'aria di un vecchio motivo popolare. Dicevano le parole: «Sul cappello portiamo un trofeo – dei reali di casa Savoia – lo portiamo con fede e con gioia – viva l'Italia e i suoi sovran. | Scavalcheremo le mura di Trento...»

Circostanza curiosa è anche che Tönle Bintarn, prima di fare l'alpino zappatore con il sottotenente Magliano, era stato anche soldato scelto nella landwehr, nelle terre di Boemia, a Budejovice, ai comandi del maggiore von Fabini. Quando dopo quattro anni venne congedato e ritornò a casa, il nostro paese aveva cambiato padrone: al posto di Francesco Giuseppe c'era ora Vittorio Emanuele.

Il giorno dopo il fattaccio la moglie di Tönle si recò in paese con una dozzina d'uova e due chili di zucchero nella borsa. Prima di attraversare la Piazza della Fontana si fermò dietro l'angolo degli Stern per levarsi le babbucce e mettersi le calze e le scarpe; dopo si rassettò, camminò per la piazza sino alla casa che cercava e salí le scale dell'avvocato Bischofar.

L'avvocato, come sentí il passo, uscí nel corridoio per farla entrare nello studio dopo aver fatto uscire la nipotina che era lí a tenergli compagnia e intanto spolverava i libri e i quadri con i ritratti di Garibaldi a cavallo e di Mazzini con la mano sulla grande fronte. Da studente, anzi da seminarista, nel 1848, era stato all'assedio di Venezia con Daniele Manin e poi con il «corpo franco», o legione cimbrica, al valico delle Vezzene per ricacciare gli austriaci e i croati di Radetzky.

– So già tutto, – disse alla donna dopo averla fatta accomodare. – Il vostro uomo è meglio che per un bel pezzo di tempo non si faccia vedere in giro. Non era stato a far stagione nelle miniere di ferro della Stiria? Che ci ritorni subito anche se non ha l'ingaggio; la strada la sa. E poi troverà bene il modo di mandarvi qualcosa per tirare avanti; dopo tutto è meglio nella miniera di ferro che nelle prigioni. Da come si sono svolti i fatti, ne ho parlato con il pretore, non c'è possibilità di assoluzione; poi, magari con il tempo, ci potrà essere l'occasione di qualche amnistia. Intanto cercherò di farvi avere qualcosa dal Pio Istituto Elemosiniere.

L'avvocato Bischofar non parlava curiale; anzi rivolgendosi alla gente del contado diceva piú parole nell'antica lingua che non venete o italiane. Non volle le uova né lo zucchero e nel congedarla gli raccomandò, giacché doveva passare per la contrada Chescie, di salutargli l'amico Christian Sech.

La notte successiva Tönle rifece la strada del confine. Ma per non farsi arrestare, poiché certamente era stata aumentata la sorveglianza, arrischiò per il Passo di Val Caldiera e per la discesa del Valon Porsig dove, sia per il pericolo delle slavine che per la difficoltà del cammino, le guardie non le avrebbe certo incontrate.

In basso, dove la neve era molle, aveva camminato con le racchette, ma sui pendii alti aveva dovuto a ogni passo piantare nel ghiaccio la punta della scarpa chiodata, e nella discesa, il sentiero era completamente scomparso, scendere per i canaloni facendo freno sulla neve con il robusto bastone e puntando i talloni.

La sera stessa era a Castelnovo e dormí in una stalla; il giorno dopo proseguí per Castel Tesin dove conosceva la vedova di un suo vecchio compagno di lavoro. Lí avrebbe trovato un buon letto e un piatto di minestra.

Dopo aver parlato della sua disavventura, e dei lavori che non si erano ancora aperti e che lí, in quella casa, non era giusto restasse piú del tempo necessario, la vedova gli propose di accompagnarsi a un suo nipote venditore di stampe che tra una settimana sarebbe partito con la cassetta a tracolla per i paesi dell'Austria. A Pieve, dove doveva recarsi per il rifornimento nei magazzini delle stamperie, avrebbe potuto fare gli acquisti anche per lui. Il denaro glielo avrebbe anticipato lei fino al suo ritorno. Si fidava, e se proprio lo voleva, per non sentirsi obbligato, gli avrebbe poi pagato l'interesse del cinque per cento come è uso tra gente per bene.

Prima di accettare la proposta volle sentire da questo nipote come stavano veramente le cose e andò nella casa di lui.

Negli anni in cui aveva girato il mondo, prima come ragazzo porta-acqua nelle miniere, poi come eisenponnar sulle strade ferrate in costruzione, o anche da militare, piú volte aveva incontrato questi venditori ambulanti piuttosto singolari che nelle fiere o nelle sagre esponevano la loro mercanzia attaccandola a uno spago teso sui muri delle chiese o sotto i portici; e non vendevano cose necessarie da usarsi per un mestiere o per la casa o per la campagna, che so: finimenti per cavalli, chincaglierie, utensili, fibbie, tele, eccetera, bensí fogli di carta con su figure. Immagini di santi e figurazioni che raccontavano storie che tutti potevano capire, anche gli illetterati. Pure lui alla domenica si era fermato per qualche buona ora a guardare quelle figure e a leggere le didascalie, fantasticando sui fatti della Bibbia, o dell'antica Roma, o dei Cavalieri della Tavola Rotonda, o su immagini di città lontane, di costumi e di paesi, di guerre napoleoniche.

Camminava pensando a questo e arrivò nella casa che era discosta dal paese, in mezzo a un prato sulla costa del monte. Entrò. Erano in tanti là dentro, maschi e femmine di ogni età; e chi attorno a una grande tavola, chi vicino al fuoco, chi seduto sulla scala che portava al piano di sopra, tutti stavano mangiando polenta e fagioli. Salutò, augurò la buona cena; poi disse chi era e chi cercava. Uno si staccò dal focolare e gli venne incontro. Subito gli sembrò un ragazzo con il viso rotondo e roseo ma i lunghi baffi folti e rossi dimostravano che i suoi vent'anni li aveva.

Lo fecero accomodare alla tavola dove una ragazza si era alzata per lasciargli il posto; gli chiesero se aveva cenato. Accettò un sorso di grappa in una chicchera da caffè. Parlarono.

Anche qui, come già alla vedova, raccontò la sua storia e di come aveva dovuto lasciare la sua casa per non essere imprigionato. Orlando, cosí si chiamava il ragazzo coi baffi, accettò di comperargli le stampe secondo quello che riteneva sarebbero state le richieste del mercato, ma anche, riteneva, che non sarebbe stato giusto che dopo un certo periodo di tirocinio si facessero concorrenza sulle stesse piazze. Insomma lui lo avrebbe avviato e che poi si arrangiasse, magari battendo strade parallele e incontrandosi alla sera poiché, non avendo Tönle la licenza di commercio ambulante, doveva risultare alla legge come suo dipendente.

La settimana dopo partirono, a piedi. Le scarpe e le gambe le avevano buone, e sulle spalle, legata con una cinghia di cuoio, portavano la cassetta di legno con dentro un centinaio di fogli distesi e divisi per argomento e serie.

Erano, quelle stampe iconografiche, gli unici oggetti d'arte che da tre secoli diffondevano le opere dei grandi maestri tra la gente delle campagne e tra i popolani delle città, e nei casolari sparsi per montagne e pianure. I tesini, vecchi ed esperti venditori ambulanti – un tempo lontano giravano l'Europa vendendo pietre focaie – erano giunti a piazzare stampe remondiniane, quelle delle famose stamperie di Bassano Veneto, in ogni paese del mondo: dalla Scandinavia alle Indie, dalla Siberia al Perú. E ogni popolo e ogni nazione aveva giustamente i suoi gusti e quello che andava bene per i luterani del Nord Europa non era accettato dagli spagnoli; i russi chiedevano visioni di Parigi o di Londra o riproduzioni da Raffaello, i francesi e gli abitanti dei Paesi Bassi episodi delle campagne napoleoniche o paesaggi e costumi caucasici o della Moscovia, gli americani del Sud Madonne della Guadalupa e

Giudizi Universali, gli austriaci paesaggi romantici italiani e scene di caccia; ma tutti, poi, avevano i loro santi particolari, e chi voleva san Giuseppe piú invecchiato o la Madonna piú giovane.

In questa maniera i venditori di stampe dovevano conoscere gusti e tradizioni, e proporre gli acquisti ai singoli clienti secondo il sesso e l'età, la fede religiosa, il mestiere esercitato e le passioni. Ma capitava anche che in un casolare sparso della Galizia chiedessero *Lo sposalizio della Vergine* di Raffaello o una *Pietà* di Michelangelo (andavano sempre di piú dei fiamminghi!), e in città come Vienna o Heidelberg un'oleografia di sant'Antonio abate, quello con il porcello.

Tönle e il suo socio valsuganotto andavano lesti. A Bolzano, invece che la valle dell'Isarco per il Brennero, risalirono il corso dell'Adige. A Naturns fecero la loro prima esposizione e vendettero quel tanto che permise loro di fare un po' di provviste di pane di segale, lardo affumicato e formaggio; quindi uno si fermò a Laces e l'altro proseguí per Schlanders dove si rincontrarono la sera. Dormirono in un fienile e poi ripresero: Tönle battendo i masi alla sinistra e l'altro quelli a destra della valle. Si ritrovarono a Glurns dopo tre giorni, là pernottarono dentro il cerchio delle antiche mura, in uno stallo, e l'indomani, c'era una fiera che richiamava gente fino dalla Valtellina e dalla Svizzera, fecero dei buoni affari. Quindi ripresero per il Passo di Resia ed entrarono nel Vorarlberg.

Andarono cosí per settimane, passarono le montagne e a Landshut, in Baviera, vendettero quasi tutti i soggetti classici, tanto che decisero di prendere la direzione di Brno dove Giuseppe Pasqualini, anche lui da Castel Tesin, aveva una moderna stamperia per la riproduzione meccanica di stampe a colori basata sul sistema oleografico. Lí avrebbero fatto rifornimento per poi proseguire ambulando. E poi, anche, le stampe del Pasqualini davano piú margine di guadagno ed erano molto richieste perché la vivacità e la naturalezza dei colori e la veridicità dei fatti raccontati avevano molto fascino sul popolo.

Quando giunsero verso Cracovia il tesino decise di proseguire oltre i monti Carpazi per arrivare nelle Russie e tentare la fortuna mettendo bottega a Kiev, o a Mosca, o a San Pietroburgo: aveva con sé un bel gruzzolo e gli altri paesani che in quelle lontane città si erano sistemati, diceva, l'avrebbero aiutato. Prima di salutarsi, quella sera, mangiarono e bevettero in una osteria di Cracovia dove il padrone ebreo invece di soldi chiese in pagamento una stampa del porto di Amsterdam.

Tönle riprese da solo la strada del ritorno, ma non avendo licenza di commercio né passaporto, ma solamente il foglio di congedo della landwehr, dovette evitare le città grandi e piccole. A Brno rifece rifornimento di stampe mandandole a comperare da un altro tesino che aveva incontrato sulle strade della Boemia. Andando per i villaggi del Salzburg e del Tirolo le vendette tutte, tranne due.

Il cane di Cesare non abbaiò: venne ad annusargli i pantaloni di fustagno. Erano tanti gli odori, ma tutti amichevoli, e mosse lievemente la coda. Tönle vide, ma non vi fece caso, una fila di pannolini gelati stesi sullo steccato dell'orto. Tirò il paletto del saliscendi, spinse la porta ed entrò senza dire parola.

Non l'aspettavano. Stette un attimo fermo contro lo stipite di pietra, e rinchiuse. Sua moglie e sua madre smisero di filare il lino, suo padre seduto su uno sgabello lo guardava dopo aver distolto lo sguardo dal fuoco e la pipa dalla bocca; Petar fu il primo ad alzarsi in piedi nell'angolo sotto il lume dove lavorava con i coltelli, tra un mucchio di trucioli, a lisciare doghe d'abete. Gli si fecero incontro, le donne l'abbracciarono e lo baciarono; suo padre sbarrò la porta con il traverso di frassino, poi lo prese per un braccio e lo tirò vicino al fuoco per meglio vederlo. Tutti volevano sapere tante cose, e le domande si accavallavano alle risposte. Poi riprendevano per raccontare e per sapere di quei mesi che era stato lontano.

Quando aveva dovuto farsi uccel di bosco sua moglie era incinta da appena due mesi, e non lo sapeva ancora, e ora era nata una bambina che avevano già battezzato chiamandola Giovanna: dormiva. Era lí nella sua cuna ben calda e asciutta, adagiata sul sacco di pula si succhiava il pollice appena respirando, ogni tanto muovendo le guance. Tönle aveva preso il lume ad olio e tenendolo davanti con il braccio teso la guardava immobile: commosso senza timore di dimostrarlo si dimenticava di mordere la fetta di polenta e il pezzettino di formaggio che sua madre gli aveva messo in mano.

Ritornò accanto al fuoco che Petar aveva riattizzato aggiungendo legna secca per fare piú caldo e piú luce. – Ti hanno fatto il processo in contumacia, – disse il vecchio, – e ti hanno condannato a quattro anni. Per fortuna la finanza se l'è cavata in poco piú di trenta giorni. Volevano darti sette anni ma l'avvocato Bischofar ti ha difeso bene, e anche ha chiamato a testimoniare il tenente Magliano. Non devi farti vedere in giro perché ogni tanto le guardie capitano in contrada; tre o quattro volte sono venute anche in casa per sentire se sapevamo dove eri nascosto.

Lui invece voleva sapere come era andato il parto, il raccolto delle patate e del lino, se avevano legna secca per passare l'inverno, come era andata la vendita della lana o se l'avevano tenuta per filarla e tesserla in casa. Voleva anche sentire se Petar era andato con i pastori o, giacché aveva visto entrando che stava lavorando alle doghe, se non era invece andato ai Prudeghar per imparare l'arte del legnaiolo. No, gli spiegarono, non era andato a bottega dai fasciari dei Prudeghar, ma aveva incominciato a lavorare in casa, da solo, con i ferri di suo nonno; e poi in casa c'era da fare per la legna e per i campetti sul Moor; e le pecore, poi, non le avevano mandate nei pascoli del Consorzio con le greggi, ma tenute qui in basso nelle terre delle comunanze enfiteutiche. Marco aveva incominciato le scuole elementari e ogni mattina scendeva in paese con gli altri ragazzi della contrada.

Mentre si raccontavano queste cose sua moglie lo guardava come volesse trapassare con gli occhi le vestimenta, aveva subito messo da parte aspo e mulinello e gli teneva una mano stringendola forte. Aspettava il momento di restare sola con lui per chiedergli altre cose che lí davanti a tutti non poteva.

Tönle raccontava senza troppi particolari; poi, con una certa noncuranza, si sfilò la cintura, con il coltello la scucí e fece scendere nella mano i gulden d'argento che aveva infilati dentro.

– Me li sono guadagnati, – disse, – vendendo le stampe e girando per tanti paesi.

Li contò davanti a tutti: erano trenta pezzi sonanti di venti kreuzer ognuno; una bella sommetta, un capitale quasi, e li porse alla moglie dicendo: – Tienile tu queste svanziche, ti serviranno per casa.

Da un altro nascondiglio trasse ancora dieci gulden e questi li consegnò alla madre senza dire una parola.

Si accostò ancora alla cuna per guardare la piccola Giovanna che sempre dormiva, allungò una mano per accarezzarla o per svegliarla ma si trattenne a pochi centimetri dal viso arrossato. Credette di vederla sorridergli, e anche lui si illuminò.

Ritornando davanti al fuoco dove gli altri di casa lo aspettavano per sentire ancora raccontare, si ricordò che nell'antiporta, prima di entrare, aveva lasciato qualcosa. Erano due stampe che non aveva voluto vendere perché gli piacevano e desiderava incorniciarle per appenderle una per parte della cappa del focolare. Le srotolò per farle vedere alla luce delle fiamme.

In una c'era raffigurato l'attacco notturno di un branco di lupi a una slitta in corsa dentro una foresta carica di neve. I cavalli impazziti dal terrore erano a stento e con gran fatica dominati dal guidatore che aveva perduto il berretto di pelo e con la frusta cercava di tenere lontano un lupo che stava per azzannare un cavallo. Occhi di altri lupi si vedevano rosseggiare tra i tronchi, come lumi nel buio. Sul dietro della slitta un uomo barbuto, in ginocchio tra merce alla rinfusa, sparava con un lungo fucile ai lupi che inseguivano. Dal fucile usciva un lampo rossastro che squarciava il buio e si capiva che la palla entrava nella gola spalancata del lupo che stava per saltare sulla slitta. Una fiera era per terra che si contorceva, un'altra piú lontano era stesa nella neve, morta.

Ma nel guardare sembrava anche di udire i nitriti dei cavalli, il sibilare della frusta, il latrare dei lupi, il colpo del fucile. Tutti erano affascinati da quella storia; dapprima avevano guardato l'insieme, dopo tutti i particolari che Tönle indicava con un dito.

– Ma voi, padre, – gli chiese Marco, – siete stato anche dove ci sono i lupi?

– Sono arrivato fino ai monti Carpazi; anche là ci sono. Ma assaltano le slitte solamente d'inverno e quando sono affamati.

Si fece silenzio e guardarono tutti verso la porta. Fuori si sentiva una cagna abbaiare alla luna, ma era amichevole.

Tönle distese la seconda stampa: era la caccia all'orso. Sullo sfondo di una montagna boscosa si ergeva un orso smisurato; ritto sulle gambe posteriori lottava contro una muta che lo stava aggredendo. Due cani lo stavano azzannando, altri gli balzavano intorno, altri giacevano tra l'erba feriti, e sangue era sull'erba, sull'orso, sui cani. Un cacciatore dall'aspetto ardito brandiva un lungo coltello mentre un altro cacciatore teneva puntato il fucile in attesa dell'attimo giusto per premere il grilletto. Un giovane senza armi aveva raccolto in braccio un cane con il ventre sanguinante e aperto, e si stava allontanando: il suo viso con la bocca spalancata girato a guardare l'orso dimostrava grande stupore e pietà.

Anche questa stampa stettero a rimirare alla luce del focolare, e chi notava la grande mole dell'orso, chi il coraggio dei cani, chi l'ardire dei cacciatori.

– Farò io due belle cornici, – disse infine Petar, – ho un pezzo di tavola di larice con i nodi vivi: faranno un bel guardare.

Quella sera finalmente poté distendersi nel suo letto, con sua moglie accanto e i due figli piú piccoli nelle cune accostate. Non si accorse del freddo perché i loro corpi fecero presto a riscaldarsi. Il ghiaccio sui vetri aveva ricamato fantastiche tendine e la luce della luna che riverberava dalla neve si spandeva tenue e soffusa per la stanza facendo scintillare come tante stelle la calaverna delle pareti cosí che sembrava di essere stesi dentro un cielo tiepido. Piú volte amò la sua donna e poi si addormentò posandole una mano a coppa sul seno.

Lo svegliò la prima luce dell'alba, e il suono delle campane a festa, e i gruppi di gente che dalle contrade si recavano in paese cantando l'inno natalizio. Le strofe si incrociavano nell'aria vetrificata e il canto gli giungeva ora forte ora piano; non poteva sentire le parole anche se tendeva l'udito ma da dove e come gli giungevano le voci poteva pensare: questi sono gli uomini dell'Ébene, queste le donne del Bald e dei Prudeghar. Ricordava quando anche lui da ragazzo andava a cantare per le strade – la neve scricchiolava sotto i chiodi delle scarpe. Con la memoria accompagnava i cori ripetendo le parole dell'antico inno:

Darnaach viärtansong iahr
az dar Adam hat gavêlt
ist kemmet af disa belt
dar ûnzar libe Gott...

. . . .

Gabüart in bintar zait
in armakot, un vrise
z'öxle alloan, mit plise,
un z'esele haltenz barm...

Oh Gott ba d'allez môghet!
Von eüch beghen ist hûmmel
d'earda, dar gliz, dar tümmel
un Iart gabûart so arm!...[1].

Le campane avevano smesso. Sua moglie uscí dal letto e in fretta si vestí per scendere ad accendere il fuoco come tutte le altre mattine dell'anno. Sentí Petar parlottare, poi aprire e richiudere la porta, voci sotto le finestre: ragazzi e ragazze che si richiamavano. E poi cantare:

Gasegt an stearn in hûmmel,
drai mann von morgond lantar
in könighe gaväntarn
leghensich af an bek...[2].

– Ma perché i ragazzi incominciano da questa strofa che è una delle ultime? – disse. E si alzò.

Incominciarono per lui tre mesi di pazienza: non poteva farsi vedere in giro durante il giorno, e di scendere in paese nemmeno pensarci; solamente qualche sera dopo cena arrivava fino alla stalla dei Nappa dove si incontravano gli uomini della contrada a passare la parola. Parlavano delle esperienze di lavoro, delle stagioni, degli incontri che avevano fatto girando il mondo, dei costumi della gente, dei caratteri delle donne straniere. Ma stranieri erano considerati anche gli abitanti della pianura sotto i nostri monti!

[1] «Dopo quattromila anni | che Adamo ha peccato, | è venuto in questo mondo | il nostro amato Dio... | Nato in tempo d'inverno, | nella miseria e nel freddo, | solo un bove con fiato | e l'asino lo tengono caldo... O Dio che tutto potete! | Per vostra cagione è il cielo, | la terra, il lampo, il tuono, | e voi siete nato cosí povero!...»

[2] «Veduta una stella in cielo, | tre uomini dai paesi orientali | in vesti regali, | si mettono in via...»

Qualcuno, lavorando sulle ferrovie, era arrivato persino in Anatolia, e raccontava di come per difendersi dai lupi dovevano alla notte accendere dei grandi fuochi ai margini dei baraccamenti e come dovevano lavorare sotto la vigilanza dei soldati perché c'erano i banditi bulgari e macedoni che facevano scorrerie.

Qualche volta, sottovoce, cantavano la canzone degli eisenponnar: gli sterratori che spianavano le montagne e gettavano i ponti sui fiumi per far passare la strada ferrata:

– E la mattina all'alba
si sentono le trombe suonare
sono gli eisenponnar che vanno via
ciao bella mora mia, se vuoi venir.

E le donne che stavano filando rispondevano dolcemente:

– Mi sí che vegneria
ma dove mi condurrai?
– Ti condurrei aldilà del mare
ne la bela casa dell'eisenponnar.
– Quell'aldilà del mare
l'è tanto lontano da casa;
ma non ti lascio solo andar via
che da la nostalgia mi sento morir.

La canzone si sgranava dolcemente e sommessamente, mentre i mulinelli e gli aspi ronzavano come api e muovevano l'aria calda della stalla come fosse primavera.

Dopo questa canzone accadeva sempre una pausa di silenzio, finché qualcuno che era stato in Ungheria raccontava invece dei lavori di scavo per gli interminabili canali d'irrigazione e dei carrelli delle decauville trainati da file di cavalli appaiati. Ma in Ungheria erano fortunati ad avere i cavalli per trainare i carrelli perché in Germania, dove c'era il kaiser, nelle cave e nelle miniere i carrelli bisognava spingerli a mano!

Non sempre ora Tönle dormiva nel suo letto; quando rientrava alla sera saliva nella dilla per la scala a pioli: in caso di visita delle guardie gli sarebbe stato facile dal retro della casa raggiungere il bosco. A volte, quando dalla bottega del Puller giungeva un qualche allarme, saliva alla hutta dei Pûne dove si era fatto una bella cuccia tra il fieno. Nel suo letto con le lenzuola e la moglie si fidava coricarsi nelle notti di gran neve, quando certamente le guardie non si sarebbero mosse per cercarlo.

Era accaduto che in un pomeriggio di sole, dopo che gli uomini delle contrade avevano fatto la corvé per spalare le strade che portavano in paese, tre guardie e un sottufficiale erano saliti in casa a cercarlo. (Che avessero sentito qualcosa che segnalava la sua presenza?) Per fortuna Marinle Ballot le aveva viste salire e, presi i secchi di rame, camminò svelta fino al Prunnele e da lí alla casa dei Bintarn per dare avviso. Tönle fece in tempo a uscire con comodo per il portone sul retro, prendere la pista delle slitte e andare a rifugiarsi in bosco, nella solita scaffa, dove la neve non arrivava, né guardie, e dove poteva osservare senza essere veduto. I ragazzi non parlarono, e nemmeno gli altri abitanti della contrada.

Altri carabinieri ancora vennero, e una notte fecero alzare tutti e rovistarono la casa come la prima volta.

Ma ormai l'inverno stava per passare; i giorni si erano allungati e i fringuelli incominciavano a studiare i primi versi d'amore e i crocieri a mettere il nido. Il sole aveva la forza di sciogliere la neve sopra i tetti e la paglia gocciolava l'acqua che alla notte formava tanti brillanti candelotti di ghiaccio, a festone, lungo tutto lo sporto a mezzogiorno.

Nelle tre ultime sere di febbraio, come voleva la tradizione, i ragazzi uscirono a chiamare la primavera con i campani: anche loro, ormai, erano stanchi di neve, delle serate lunghe, del chiuso, e come gli uccelli e i caprioli aspettavano le giornate lunghe con il sole alto e l'erba verde. I vecchi, guardando la cenere accumulata sul focolare e la poca legna nel deposito, dicevano: – Anche questo inverno è passato, – e dopo il tramonto uscivano all'aperto per guardare i falò sui culmini del Moor e dello Spilleche: erano i fuochi che bruciavano l'inverno e indicavano il nord agli uccelli migratori. Ascoltavano con gioia i ragazzi che correvano scalzi per i prati ancora coperti a tratti dalla neve e per le stradette che univano le case cantando:

Scella, scella mearzo,
snea dehin,
gras dehear
alle de dillen lear.
Az der kucko kuck
pluut der balt;
ber lange lebet
sterbet alt! [1].

Quando le calandre incominciarono a cantare sopra i solivi terrazzati lasciò ancora una volta la sua casa e ripassò il confine. Non poté, questa volta, riprendere da solo, come aveva pensato, la vendita di stampe per i territori dell'Impero asburgico: il suo amico valsuganotto quell'inverno non era ritornato a casa e chissà

[1] «Suona, suona marzo, | via la neve, | qua l'erba, | tutti i fienili sono vuoti. | Quando il cuculo canta | fiorisce il bosco; | chi vive a lungo | muore vecchio».

dove si era fermato, forse a Cracovia o a Kiev, e a lui, non essendo suddito di Francesco Giuseppe, gli negarono il permesso del commercio ambulante anche se fece vedere all'I. R. commissario di Borgo il foglio di congedo del reggimento landwehr. Non aveva nemmeno passaporto, né ingaggio di lavoro aggiornato; gli fecero un timbro su una vecchia carta di lavoro e che andasse con Dio.

Un po' lavorando nei boschi della Carinzia a scortecciare legname e un poco lavorando con i contadini della Stiria, passarono i primi mesi della primavera: i piú duri; e quando ebbe un piccolo gruzzolo attraversò il Burgenland ed arrivò in Ungheria, dove finalmente fece un contratto fino a dicembre con un allevatore di cavalli per l'esercito.

Quella pianura era immensa e i confini dei pascoli erano segnati dai canali e dai fiumi; nel centro dell'allevamento c'era un villaggio con radi alberi e ampie stalle, e abbeveratoi, e orti con zucche e cavoli. Con altri pochi compagni doveva sorvegliare i cavalli al pascolo, segare ed essiccare il fieno, governare le stalle, la mascalcia, i depositi del foraggio. Verso la fine di settembre arrivò al villaggio la I. R. commissione di rimonta e un ispettore di cavalleria.

Fecero raccogliere i cavalli in un grande recinto e dal lunedí al sabato durò la selezione: stalloni e fattrici, maschi e femmine da scozzonare, puledri da fare crescere, animali da eliminare perché difettosi o malati. Il veterinario della commissione aveva avuto anche l'incarico di cercare un ambiatore per un colonnello degli honvéd, e Tönle, che aveva adocchiato un sauro veramente bello, in quei mesi si era fatto una certa pratica, si ebbe anche un elogio e una buona mancia che alla sera stessa di quel sabato, alla fine del lavoro, gli permise di festeggiare in allegria. Lí, in quei villaggi, a ogni fine di lavori o di stagioni, capitava sempre un'orchestrina di tzigani a suonare la czarda.

Dopo tutto fu una buona stagione, non tanto per la paga che era piuttosto bassa, ma per il lavoro che gli piaceva, e per le feste e i balli del sabato e per la buona birra, e la compagnia.

Quell'anno, sulla via del ritorno, si fermò in Austria presso la famiglia di contadini dove aveva lavorato per la semina delle patate e, visto il raccolto eccezionalmente abbondante e la qualità, ne chiese una decina di chili da portare a casa come semenza. Erano patate con la scorza scura e liscia, che quasi dava sul violetto, e con la pasta bianca e compatta, che, assicuravano quei contadini, pur non essendo eccelsa come qualità, aveva il pregio di resistere alla conservazione e al gelo: in primavera, insomma, non buttava i germogli e poteva durare bene da un raccolto all'altro.

Alla vigilia di quel natale arrivò a casa con pochi gulden d'argento ma con una razza di patate che poi per tanti e tanti anni diede buoni raccolti e si diffuse tra le nostre montagne.

Capitolo secondo

Il tempo passava e un anno si venne a trovare a Praga, e lí si ricordò d'aver sentito che un suo conterraneo, Andrea Raconat, figlio della sua parente Catina Pûne, era diventato ufficiale della imperatrice Maria Anna Carolina, moglie di Ferdinando d'Austria già re del Lombardo-Veneto, e da questa nominato sovraintendente alle cantine imperiali. In città chiese notizie ai gendarmi, e giacché l'Andrea Raconat aveva sposato la figlia primogenita del podestà Sabotka, non gli fu difficile trovare il palazzo dove abitava.

Ebbe una grande e buona accoglienza, e il conterraneo che dal 1866 non era piú ritornato nella nostra piccola patria, e notizie le aveva avute solamente per posta o lette sui giornali, volle sapere tante cose riguardanti i parenti, gli amici, i vicini di casa, le pubbliche amministrazioni e il governo, i maggiorenti del paese. Lo volle anche a cena, al suo tavolo con la consorte e i figli, e pure dopo tanti anni questo ufficiale dimostrava commozione e nostalgia nel parlare la vecchia lingua e a sentire termini e nomi che credeva di avere dimenticato per sempre. I suoi famigliari lo guardavano con stupore: mai lo avevano visto cosí aperto ed eccitato.

Finita la cena loro due si ritirano in uno studio del palazzo, l'Andrea Raconat fece portare due bottiglie di vino e stettero a lungo a parlare della loro infanzia.

Fu cosí che questo nostro compaesano e suo lontano parente gli procurò un buon lavoro come giardiniere nel castello di Hradcany, nella Malá Strana. Avrebbe potuto starsene lí a tempo pieno e in pianta stabile, si direbbe oggi, ma quando sui giardini e sui tetti di Praga scese la prima neve sentí impellente il bisogno di ritornare a casa. Non per niente nel nostro antico linguaggio *bintarn* equivale a «invernatore».

E una grande nostalgia lo colse; la nostalgia di quel magro ciliegio selvatico sopra il tetto e di quello che era raccolto sotto i quattro spioventi di paglia: come c'erano delle forze che lo spingevano ad andare in primavera, cosí c'erano quelle che lo facevano ritornare alla fine dell'autunno: forze superiori a ogni volontà come l'avvicendarsi delle stagioni, le migrazioni degli uccelli, il sorgere e il calare del sole, le fasi della luna.

Fece gli ultimi lavori: con le foglie secche coprí i rosai, tagliò rasi i gambi dei fiori perenni, levò e ripose in cantina i tuberi delle dalie, interrò il letame nelle aiole, spazzò i viali. Salutò il capo giardiniere, il sovraintendente al castello e scese in città a prendere congedo dal compaesano.

Anche quella sera di dicembre il sovraintendente alle cantine imperiali lo volle a cena con i suoi di famiglia e dopo, quando si salutarono, sul suo viso apparve una profonda nostalgia: – Salutami tutti i parenti di mia madre, – gli raccomandò, – e la nostra contrada, e il Moor –. Erano in queste parole i giochi felici dell'infanzia, e la giovinezza, e i falò di primavera, la cerca dei nidi nei boschi, le corse sul ghiaccio con la slitta.

Tönle riprese la strada del ritorno, e poiché era in ritardo e aveva un buon gruzzolo, per accelerare il viaggio, invece di avviarsi a piedi, questa volta prese la ferrovia che in soli tre giorni da Praga lo sbarcò a Trento.

Con il plenilunio di dicembre e per i passi dei contrabbandieri, dove non si era ancora accumulata troppa neve, varcò il confine, camminò quattro ore e rivide il ciliegio sul tetto.

La vecchia madre era morta in settembre, il giorno del patrono san Matteo; e gli venne il ricordo che proprio in quel giorno, il 21, uno strano affanno lo aveva preso, come un malessere malinconico, da volere restare solo per il parco del castello tra i grandi alberi che incominciavano a rosseggiare, senza desiderio di mangiare o di bere: come quell'inquietudine mansueta che a volte prende anche gli animali.

Passavano e ritornavano le stagioni: dallo sciogliersi delle nevi e fino alle nuove nevicate andava per i paesi e gli Stati asburgici, lavorando dove capitava, a volte con buoni risultati, a volte meno. Nell'inverno stava rintanato in casa, o nella contrada, o nel bosco a far legna, o in qualche hutta per non farsi sorprendere dalle guardie che sempre lo avevano in nota per arrestarlo e fargli scontare quindi i quattro anni di prigione. Ma sempre, al principio dell'inverno, verso Natale, ritornava a casa nelle prime ore della notte, ossia dopo che la sera aveva fatto svanire nel buio il ciliegio sul tetto di paglia. E quando varcava la porta della casa trovava un figlio o una figlia nuovi, che all'anagrafe manifestavano ironia nel registrare con il suo cognome, ma c'era l'arciprete che tagliava corto: se le guardie del re non riuscivano ad arrestare il padre, che è dato per latitante oltre i confini, non era da supporre che la moglie non concepisse da lui!

Il tempo, intanto, segnava i visi dei famigliari e degli amici, accadevano cose nuove e nuove idee circolavano anche tra la gente delle nostre contrade. Ormai erano in tanti che andavano a lavorare fuori dai confini dello Stato; partivano in primavera, a gruppi, con gli arnesi del mestiere dentro la carriola e a piedi si avviavano per l'Asstal e il Menador fino a Trento, dove chi aveva i soldi poteva prendere anche la strada ferrata. A volte, a questi gruppi, si accompagnavano anche dei ragazzi che appena avevano terminato la scuola elementare, e al confine del Termine le guardie dell'una e dell'altra parte li lasciavano passare senza alcuna formalità, tutt'al piú chiedevano se avevano in tasca il certificato di battesimo.

Ma chi riusciva, lavorando prima in Prussia o in Austria-Ungheria, a mettere insieme i soldi occorrenti per pagare il bastimento emigrava nelle Americhe. Laggiú, scrivevano, era tutta un'altra cosa: lavoro ce n'era sempre e le paghe erano piú alte che in qualsiasi altro paese.

Si incominciò a parlare di socialismo, di associazioni di operai, di cooperative artigiane. Chi non aveva il coraggio di pronunciare la parola «socialismo» diceva e scriveva «socialità» ma, curioso, gli utenti dei beni comunali, cioè tutti i residenti nei nostri comuni, erano chiamati «comunisti» anche nelle carte ufficiali.

Anche nella nostra terra, dove da secoli i reggitori della cosa pubblica venivano scelti dal popolo, sorsero due partiti che sotto la denominazione di progressisti e moderati nascondevano invece gli interessi di alcune famiglie maggiorenti: cosí quello che in ottocento anni di libero governo non era mai accaduto, avvenne. Discordie, liti, querele, fughe all'estero; e ne venivano coinvolti preti e professionisti, proletari e artigiani; e c'era chi faceva commercio dei voti e chi speculava sugli emigranti. La documentazione di questo vivace periodo si deve a pochi numeri di un giornaletto settimanale che costava dieci centesimi, stampato e scritto quasi tutto da un maestro elementare che, a causa di quello che scriveva, dovette un bel giorno imbarcarsi per l'Argentina con il vapore *Sirio* della società Florio-Rubattino.

Se la parte moderata fondava la «Società di mutuo», la parte progressista la «Società operaia»; e se gli uni una fanfara con le berrette rosse, gli altri un'altra fanfara con le berrette verdi e una penna di fagiano; se poi gli uni suonavano per Garibaldi o per Porta Pia, gli altri per lo Statuto o per il genetliaco della regina Margherita.

Intanto alla crisi della filatura e tessitura famigliare (erano sorti i grandi opifici di Schio) sopravvenne l'attività artigianale della fabbricazione di scatole in legno per usi farmaceutici o per profumeria, dove bambini e ragazze tra i dieci e i quindici anni potevano guadagnare, in dieci ore, la media di sessanta centesimi al giorno.

A questo libero giornale che dicevo arrivavano anche lettere come queste certamente rivedute dal direttore: «... Io sono in una miniera con alcuni altri paesani, miniera che è la piú fruttuosa di tutta la Prussia e forse di tutta Europa. Sotto questa collina lavoravano circa ottocento uomini. Il mio lavoro è bello, ma assai pericoloso, ché non ho mai occhi abbastanza per riguardarmi dal male [...]. Alla mattina alle quattro ore io devo mettermi in viaggio e camminare per lo spazio di 40 minuti entro il seno del monte: prima d'arrivare al lavoro devo fare 2300 metri cominciando al piè di esso [...]. E per dieci ore non posso uscire e n'esco poi debole e fiacco dal troppo lavorare e dall'aria impura che là sotto si deve respirare. Quanti giovani si vedono dai 20 ai 30 anni che par n'abbino 50! Quasi tutti che lavorano qui dentro. Vi è dopo dell'aria impura un'altra cosa insalubre al corpo: la lampa, che allumandola dà fumo, il quale entra tutto nello stomaco, e colui che non lo purga deve fuggir o morire. Io, grazie a Dio, lo ritraggo, e i miei patrioti; ma se ne vedono molti di rovinati...» E un altro minatore da Algringen scrive: «... Lavoro a circa mille metri nella montagna. Alla mattina parto di casa alle cinque pregando Iddio che mi tenga lontano dal pericolo. Entro nella galleria e lavoro tutta la giornata con dura fatica fino alle cinque o sei pomeridiane. Me ne ritorno quindi al quartiere tutto contento per avermi guadagnato nel corso della giornata cinque lire e alle volte anche di piú o di meno...»

D'inverno, nelle osterie del centro, minatori ed eisenponnar discutevano di queste cose e bevevano vino. Tönle Bintarn, che non poteva certo farsi vedere con loro, se ne stava rintanato nella contrada e qualche sera, nelle stalle, parlava sottovoce del *Manifesto dei comunisti* che aveva letto in lingua tedesca quell'anno che era stato a lavorare nella miniera di Hayngen.

Accadde anche in quegli anni che certi benestanti, non certo ancora ricchi, ma certo furbi, si misero dalla parte del partito operaio delle Barete Rosse per spingere il popolo a fare «tolbar» di tutti gli antichi beni comunali: ossia dividere pro capite tutta la proprietà di boschi, pascoli e seminativi. Lo scopo per i sobillatori era evidente: una volta diviso il grande patrimonio comune sarebbe stato facile comperare dagli affamati proletari emigranti, e per vile prezzo in generi, orzo farina o cacio, i beni già della comunità. A questi finti progressisti che si appoggiavano alle Barete Rosse si opponevano i «malve», ossia i conservatori che accettavano sí un certo progresso come le scuole per tutti, il telegrafo, l'illuminazione, ma anche guardavano con diffidente paura l'agitarsi delle classi povere. Ma tra gli uni e gli altri buon gioco avevano gli imprenditori che appaltavano i lavori delle fortificazioni militari.

Intanto era venuto anche il nuovo secolo, il XX, e in paese vi fu grande festa. I pompieri volontari, al comando di Vitadoro, erano stati tutti mobilitati e, dopo aver tirato a lustro scale, pompe, lance, tubi e provatane l'efficienza, si misero in gran montura. Quel pomeriggio arrivarono in centro preceduti da frotte di ragazzi e ragazze in allegria e dal suono delle campanelle e dallo scalpiccio dei sei cavalli che tutti pimpanti trainavano i carri attrezzi. Ai trilli lunghi e brevi del fischietto del baffuto comandante, e ai suoi comandi secchi come frustate i volontari scattavano per armare le lance con i tubi, a provare le pompe a mano che pescavano l'acqua dal Pach e, infine, tra la grande ammirazione dei presenti e la trepidazione delle fanciulle, alzarono e appoggiarono le lunghe scale flessibili sulle case piú alte del nostro centro perché si temeva che i fuochi pirotecnici che sarebbero stati sparati dalla Gaiga nel cuore della notte incendiassero i tetti di paglia e di legno, tutto distruggendo. Infine, quando la prova fu conclusa tra gli *ooh!* e gli *attento!* e i commenti, tutti entrarono nell'Osteria della Faiona dove il sindaco ordinò vino quasi a volontà.

Ad arrivare per prima fu la fanfara degli alpini, subito dopo il rancio delle diciassette, e tutti i ragazzi che sul portone aspettavano le rimanenze del «vitto speciale» di quel giorno si accodarono battendo il tempo della marcia sui barattoli ripuliti in fretta. Poco dopo arrivò la fanfara delle Barete Rosse, ma i suonatori già facevano sentire delle allegrissime stecche: erano partiti dall'estremità del nostro lungo paese e a ogni osteria avevano fatto sosta per bagnare le labbra, sí che poi stentavano a ritrovare l'imboccatura. La Banda Cittadina, invece, e la Banda Mora fecero un serio programma suonando Verdi e Puccini, con i duetti dei due strumenti a fiato principali, tenore e soprano, che si rimandavano il canto da una finestra all'altra delle due case ai limiti estremi della piazza. E la gente applaudiva e chiedeva i bis ai due suonatori dai poderosi polmoni.

Squadre di ragazzi si divertivano a lanciare palle di neve persino alla guardia Frello, che già dal mattino di buon'ora puzzava di grappa; le ragazze, invece, pur tra gridolini, smorfie e moine si lasciavano mettere manciate di neve nella scollatura dai giovani fattisi intraprendenti e arditi per l'occasione.

Dalla Trattoria alla Torre, al Caffè al Mondo, all'Aquila Imperiale, al Circolo Alpino, alla Croce Bianca e per tutte le osterie era un vai e vieni allegro, un richiamarsi, un invitarsi l'un l'altro a bere e a mangiare come mai in nessuna altra festa era capitato.

A mezzanotte la Schola Cantorum della parrocchia cantò durante la messa solenne il coro del maestro Perosi «Al Signor levate, o genti...», e dopo, quando tutto il popolo e le autorità e gli ufficiali e gli alpini del presidio si riversarono nelle strade e nelle piazze si diede il via, dall'alto della Gaiga, ai grandi fuochi pirotecnici che spaventarono tutti i cani dei dintorni e le cincie, i ciuffolotti, i tordi nelle case degli uccellatori.

Ma Tönle non poteva essere con tutti gli altri compaesani. Perché avrebbe dovuto farsi arrestare proprio in quella notte di gran baldoria? E perché solo lui non doveva partecipare alla festa di cui tanto si era parlato nelle lunghe sere schiarite dal lumino tra il fruscio dei mulinelli e degli aspi? Nel pomeriggio era salito sul monte Katz, poi dal bosco del Gharto aveva trascinato sulla neve, poco sotto la croce, un grande mucchio di rami secchi tagliati dalle piante in piedi, e aspettò il grande evento seduto su un tronco davanti alla hutta dei Runz. Da lassú udiva le fanfare suonare a tutto fiato e il brusio del popolo. Dopo la fantasmagoria dei fuochi, e dopo che l'eco dei botti si spense per le montagne e i cani smisero di latrare, allora accese il suo fuoco solitario e bevette un sorso di grappa da una bottiglietta che aveva portato con sé. Laggiú in paese piú di uno vide il suo fuoco e i nostri della contrada, che erano scesi a far festa con tutti gli altri, ammiccavano tra loro, allegri.

Ma come non poté trascorrere con tutto il popolo e i parenti la famosa notte del 1900, cosí non poté qualche mese dopo festeggiare il matrimonio di una figlia che andava sposa a un Camplàn dei Bôrtoni. Fecero il pranzo con pane fresco, cioccolata, latte, e, persino, vitello in umido con polenta (ma questo piatto c'era solamente per gli adulti). L'aveva accasata con una piccola dote in talleri d'argento, il corredo era stato tutto filato e tessuto in casa ed era costato non poco sacrificio perché le pezze invece di portarle agli Stern in cambio di altra merce, erano state, per tre inverni, ammucchiate nelle casse di casa.

Fu nel 1904 che, finalmente, anche il nostro Bintarn poté farsi vedere per le strade e per i campi e per i boschi senza il timore di venire arrestato dalle guardie o dai carabinieri. In quell'anno nella casa regnante nacque il principe ereditario e, per l'occasione, venne concessa l'amnistia e l'indulto.

L'avvocato Bischofar fece la pratica con solerzia e per mezzo di amici influenti riuscí in breve tempo a portarla a buon fine. Che respiro, finalmente! La moglie del nostro Tönle portò subito all'avvocato una dozzina d'uova fresche e una borsa di tarassaco di campo. – Poi, – disse, – quando il mio uomo ritornerà per l'inverno verrà lui a sdebitarsi un poco in qualche modo.

A dire il vero, ormai, non aveva piú l'età di andare per il mondo a lavorare; anche i ragazzi s'erano fatti uomini e tre lavoravano alle fortificazioni che lo Stato stava allestendo lungo il confine in contrapposto a quelli che il maresciallo Conrad stava già facendo ultimare dall'altra parte. Terminate già da qualche tempo la caserma difensiva dell'Hinterknotto, dove era fissa una guarnigione di alpini del battaglione Bassano, e le fortificazioni del Rasta e della Laita, si era dato mano ai grandi forti del Lisser, del Verena, del Campolongo; ma anche se erano tanti i manovali e i minatori e i carpentieri impiegati in questi lavori, erano pur sempre tanti i compaesani che preferivano nella buona stagione andare oltre le Alpi del Tirolo; e tanti erano sempre anche quelli che varcavano gli oceani, o per l'Australia o per le Americhe.

Bintarn che con i risparmi di tanti lavori strani e di tanti anni aveva ampliato il piccolo gregge, da maggio a ottobre portava al pascolo le sue quaranta pecore, a volte contrastando con le guardie forestali quando furtivamente le faceva sconfinare in qualche radura dei boschi comunali; a questo doveva stare bene attento a non prendersi qualche denuncia per il noto precedente, e i guardaboschi che lo sapevan il piú delle volte fingevano di non vedere .

Nel suo vagare con il gregge gli venne molte volte d'incontrare il dottor Paul, E. von Paul, uno scienziato austriaco che si interessava di botanica, geologia, linguistica e storia, che da qualche estate veniva a passare il suo tempo nel nostro paese prendendo alloggio in un albergo del centro, dove pure alloggiavano impiegati del governo e ufficiali del Regio Esercito.

Il dottor Paul, da tutti conosciuto e riverito, camminava instancabile per le nostre montagne e con Bintarn, quando l'incontrava, si fermava con benevolo interesse, anzi se sapeva che si trovava nei suoi paraggi lo cercava e gli chiedeva di parlare con lui non in tedesco o in boemo o in veneto, bensí nel nostro antichissimo dialetto anche se di tante parole non solo non capiva il significato e chiedeva la traduzione in altre lingue, ma manco riusciva a trovarne l'origine, tanto che il dottor Paul si stupiva di questi remotissimi vocaboli. Ma questo studioso era anche interessato a sapere il luogo preciso delle rare sorgenti tra i nostri monti (si sa che una base calcarea non trattiene l'acqua in superficie, e le nostre montagne carsiche sono come un colabrodo, e le sorgenti grandi sono giú, ai piedi dei grandi terrazzi, nella Valsugana o nella Pianura Veneta). Ma, anche, il dottor Paul voleva sapere e conoscere sentieri e mulattiere; camminava sempre tutti i giorni con il suo sacco e l'alpenstock e a volte si perdeva per i sentieri dei carbonai che si diramavano tra gli intrichi dei pini mughi.

Un giorno di settembre del 1913 mentre le mandrie delle Vezzene passavano il confine e ritornavano in Italia per poi ridiscendere in pianura, il dottor E. von Paul, che per la sua bonomia tanti amici si era fatto tra i nostri paesani e gli ufficiali, ripassò la frontiera per ritornare in Austria. Fino alla sbarra l'aveva accompagnato il suo amico Nicola Parènt, maestro intagliatore di rara bravura e uomo pacifico se mai ce ne fu uno. Si salutarono con tanta effusione dopo aver bevuto una bottiglia di pilsen all'Osteria del Termine sotto lo sguardo delle guardie.

Passato un certo tempo corse voce in paese che il cordiale e simpatico dottor Paul altri non era che un ufficiale della I. R. artiglieria, e che nel suo sacco da montagna apparentemente cosí innocuo avesse schizzi e fotografie di fortificazioni, di montagne, di strade e di sorgenti.

Capitolo terzo

Il 28 giugno 1914 vi furono le pistolettate di Serajevo, ma la notizia a Tönle la portò un carbonaio piú di un mese dopo il fatto. Era con le pecore per lo Zingarellenbeck e il carbonaio andava a tagliare i mughi verso la Grotta della Capra; si erano fermati al fontanello per bere l'acqua fresca che usciva tra gli strati della roccia.

– Ho sentito giú in paese, all'Osteria della Faiona, – disse il carbonaio, – che in Serbia hanno ammazzato il figlio di Francesco Giuseppe. Dovrebbe anche essere scoppiata la guerra con la Russia e con la Francia.

– Il figlio di Franz Josef? – chiese Tönle. – Ma quello è morto a Mayerling nell'ottantanove, allora andavo a lavorare da quelle parti, ricordo; e si chiamava Rodolfo. Forse hanno ucciso l'arciduca Francesco Ferdinando, erede del trono.

– Sí, quello, – confermò il carbonaio; – con la moglie, dicono in osteria.

Tönle, anche se non era andato a scuola, aveva imparato a leggere e a far di conto quanto bastava, si faceva capire in tre o quattro lingue e poi aveva sempre avuto passione per la storia, almeno per quella dei paesi dove ogni anno lo portavano le necessità della vita, e nelle sere a veglia in Ungheria o in Austria o in Boemia, o in Baviera o in Slesia o in Galizia, ascoltando aveva imparato tante cose. Spiegò al carbonaio: – Sarà l'Austria-Ungheria che avrà dichiarato guerra alla Serbia, e cosí la Russia per la questione balcanica avrà dichiarato guerra all'Austria-Ungheria; allora la Germania farà guerra alla Russia e la Francia alla Germania. Ma noi siamo nella Triplice Intesa con l'Austria e la Germania... – Parlavano cosí mentre le pecore pascolavano l'erba nuova, l'acqua usciva tra le fessure della roccia e i merli dal collare svolazzavano tra i mughi.

Quando il carbonaio si fu allontanato su per il sentiero dello Snealoch, si sedette sopra un sasso al sole e accese la pipa. Ma se gli occhi guardavano le pecore il pensiero era altrove. Ricordava come tanti anni prima nella caserma di Budejovice marciava in rango sotto lo sguardo del maggiore von Fabini e poi ancora, quando si cambiò governo, a Verona, nella caserma dei Paloni, a marciare ancora in rango sotto lo sguardo del colonnello Heusch cavalier Nicola.

Ma che strano, pensò, sotto l'Austria avevo un comandante con il nome italiano e sotto l'Italia un comandante con il nome austriaco. Ma poi fumando la pipa e ancora pensando concluse che non era strano affatto; i signori, sia Italia sia Austria, sono sempre signori e per la povera gente, sia l'uno o sia un altro a comandare, non cambia niente. A lavorare toccava sempre a loro, a fare i soldati anche e a morire in guerra anche. Ma forse in Germania verrà anche la rivoluzione proletaria come aveva spiegato Marx nel *Manifesto* che lui aveva letto con i minatori. Che anno era? Forse il 1890. Certo che lui in guerra non lo avrebbero chiamato. E poi chi? Von Fabini o il cavalier Heusch? I suoi figli che erano rimasti qui, sí li avrebbero richiamati. Lontano vide una fila di alpini che camminavano lentamente sulla cresta del Kempel; tra loro doveva esserci anche suo figlio Matío, in servizio di leva al battaglione Bassano.

Quell'estate, a fare le manovre sulle nostre montagne, non vi furono soltanto gli alpini della guarnigione e le batterie someggiate, ma vennero anche altri reparti, anche se con discrezione. Ai margini dei boschi sorgevano accampamenti, fumavano cucine da campo; ogni giorno al poligono del Petareitle i fucilieri facevano i tiri e gli zappatori segnavano i punti del bersaglio. Ma a fare legna o a lavorare nei campetti le donne e le ragazze andavano sempre in gruppo perché, dicevano, i soldati napoletani (e con questo termine intendevano tutti i militari dalla Toscana in giú) erano piuttosto aggressivi. Ma è anche vero che tutto il mondo è paese e cosí c'erano pure alcune che, di sera, gli accampamenti andavano a cercarli. Giravano anche molti soldi perché le forniture ai militari, il ritorno di tanti eisenponnar a causa della guerra, i lavori per le strade e per le fortificazioni, le lavanderie, i commerci e i cambi avevano creato come un'euforia generale, sicché le osterie, gli alberghi con suoneria elettrica, il cinema teatro Eden erano sempre affollati e fino a tardi, o fino a mattina secondo i punti di vista, si sentivano canti e schiamazzi, scherzi e liti, cosí contro questa euforia generale, contro questa degradazione morale il vecchio e canuto arciprete, quello che nel 1848 aveva combattuto contro gli austriaci, scagliava anatemi dal pulpito.

Ma Tönle Bintarn pascolava le sue pecore fuori da tutto ciò; sovente, nella sua solitudine, gli veniva da pensare a quanto gli aveva raccontato il carbonaio e a quanto gli aveva insegnato la vita; e forse riusciva a vedere le cose e i fatti che stavano accadendo in un vasto panorama storico – la solitudine, la montagna? – che ai piú forse sfuggiva perché immersi dentro.

Un giorno, era con il gregge sul Boalgrüne, vide salirgli incontro una pattuglia di soldati che ancora da distante si misero a chiamare e a sbracciare nella sua direzione. Non si mosse dal suo posto e solo si alzò in piedi per meglio osservarli. Passarono tra le pecore, e il cane rizzò il pelo sul collo brontolando sordamente, lo chiamò sottovoce alle sue gambe e aspettò senza scomporsi.

L'ufficiale veniva in testa alla pattuglia, sudato e con la giacca sbottonata sul collo dove appariva la candida fascia regolamentare. Giunto davanti a lui si levò il berretto e si asciugò la fronte. Dai distintivi Tönle capí che era un tenente dell'artiglieria campale. I soldati gli stavano attorno in silenzio e lui aspettava che parlasse. Finalmente l'ufficiale disse che l'indomani doveva sgomberare da lí con le pecore e andarsene giú nel bosco del Dhorbellele poiché qui avrebbero fatto i tiri a proietto.

All'osservazione di Tönle che nel bosco del Dhorbellele il pascolo era bandito, il tenente rispose che erano già d'accordo con le guardie forestali e con il signor sindaco e che quindi poteva andarci tranquillo. Tönle borbottò qualcosa tra sé, come espressione di un pensiero, convinto di una ineluttabilità imminente: se permettevano il pascolo delle pecore in un bosco bandito e se i militari sparavano con i cannoni sui pascoli delle pecore veniva sconvolta ogni ragione, e se poi queste cose venivano fatte qui ai confini con l'Austria con la quale si aveva un patto, bisognava pur concludere che si preparavano tempi burrascosi. Borbottò tutto questo in una lingua a loro incomprensibile; solo uno di loro disse forte: – Ma che dice questo vecchio selvaggio? – Forse il tenente voleva aggiungere qualcosa ma lo sguardo ironico e duro di Tönle lo fermò.

I soldati si fermarono mezz'ora con lui e mangiarono pagnotta e carne in scatola. Il tenente gli chiese se voleva vendergli un'agnella per la mensa ufficiali, al che lui rispose che le agnelle erano nate per crescere e figliare e dare lana, non per essere mangiate dagli ufficiali. Un soldato, che fino allora era rimasto sempre zitto, aspettò che gli altri si allontanassero per chiedergli delle pecore: quante ne aveva e quante agnelle, fino a quando sarebbe rimasto su quei pascoli cosí alti ma dove pure c'era della buona erba, quando sarebbe caduta la neve; osservò poi che queste pecore erano piú grosse e robuste di quelle del suo paese e che avevano la lana piú grossa di filo, e anche erano meno sviluppate di mammelle. Non le mungeva forse? Alle risposte di Tönle disse che anche lui era pastore al suo paese, oltre il mare, in Sardegna, e che non gli piaceva fare il soldato.

Gli altri compagni, intanto, si erano fermati piú in basso e lo chiamavano a gran voce; salutò allora il vecchio chinando il capo, quasi un inchino, e si avviò di corsa verso la valle.

Quando la guerra era incominciata lo seppe un giorno da due paesani, Stefano e Toni Haus che erano camminati fino lassú a caccia di galli. Questi due cacciatori li conosceva bene perché da anni, ogni autunno, venivano a trovarlo per sentire dove erano le nidiate e cosí aveva occasione di fumare assieme una pipata e scambiare due parole. E poi non erano come quei conti di Venezia che venivano a caccia in guanti di filo bianco e un servitore negro che gli portava sacco da montagna e fucili: si facevano passare il fucile quando i cani erano sulla ferma e dopo sparato lo restituivano al servitore. Piú volte li aveva visti fare cosí e questo non gli andava, perciò da loro cercava di non farsi vedere anche se una volta che venne la neve e si ripararono nel suo baito vollero lasciargli due lire d'argento per la legna che avevano consumato.

Quando Stefano e Toni Haus lo incontrarono alla Forcella di Bisen-Stoan era ancora di buon mattino e lui aveva acceso il fuoco per riscaldarsi la polenta della merenda. Gli raccontarono che l'Austria aveva dichiarato guerra alla Serbia e la Russia all'Austria e la Germania alla Russia e la Francia e l'Inghilterra alla Germania. Insomma tutta l'Europa era una baraonda e in paese quasi ogni giorno molti uomini venivano richiamati alle armi.

Tönle ascoltava in silenzio, pensava a quando aveva discorso con il carbonaio e con il tenente di artiglieria; ai suoi figli, al pastore sardo e a tanti altri ancora che aveva conosciuto lavorando senza confini.

Anche Stefano e Toni misero la polenta sulla brace, ma dopo aver chiesto il permesso. Parlarono di selvaggina, domandarono dove avesse alzato per l'ultima volta i galli e le pernici bianche. Mangiarono; levarono da tasca le vesciche di maiale con il tabacco da sentieri e fumarono la pipa in silenzio; bevettero un sorso d'acqua.

Tönle batté il fornello della pipa sul palmo della mano e indicò con il bastone la radura tra i mughi dove aveva alzato due o tre galli giovani dell'anno, poi il rivone nudo di pietre ed erba gialla dove aveva visto alla pastura le pernici bianche.

– Forse, – disse poi, come seguendo un pensiero fisso, – i governi si fanno la guerra perché hanno paura che i popoli si sveglino e prendano troppa forza.

– I giornali dicono, – gli rispose Stefano, – che bisogna liberare Trento e Trieste e i nostri fratelli che sono al di là della frontiera.

Tönle guardò oltre la linea dei monti che segnavano il confine e le sue pecore che pascolavano tranquille, poi crollò il capo e rispose solo: – Mah.

Si salutarono promettendosi appuntamento per mangiare assieme la zuppa di trippe all'Aquila Imperiale il giorno della fiera di San Matteo.

È tradizione da secoli che il 21 di settembre pastori e malghesi, carbonai e boscaioli si incontrino a fare festa e dopo la messa solenne vadano in lieta compagnia per osterie e trattino acquisti e vendite per fronteggiare l'inverno e tirino il bilancio della stagione trascorsa e la previsione per quella a venire. Ma in quell'anno, il 1914, piú che di affari si parlava della guerra e delle notizie che ogni giorno arrivavano in paese con i giornali. Nella bottega del Puller piú che di contrabbando e di guardie di finanza si discuteva dei Balcani, degli Stretti, della Germania, della Russia, del Belgio, e spesso si nominavano città dove erano stati a lavorare i nostri minatori o gli eisenponnar.

Tönle Bintarn era sceso con le sue pecore nei pascoli delle comunanze; nell'aia del Gharto le aveva tosate e il giorno della fiera contrattò il prezzo della lana con i mercanti ricavando tanto denaro come mai avrebbe sperato. Ma questo non gli era sembrato un buon segno, perché quando i soldi sono tanti valgono poco. Così quella sera, sempre si era concessa questa sera del 21 settembre, anche quando era per il mondo e non poteva ritornare a casa, aveva bevuto un paio di bicchieri di rosso in piú e camminava misurando la strada in larghezza con il cane che gli camminava davanti e ogni tanto si fermava ad aspettarlo; incontrò anche dei soldati in libera uscita che gli gridarono qualcosa di scherzoso. Alla contrada dei Grebazar lo raggiunse Bepi Pûn, un ragazzo servo pastore che alla fiera, con il compenso della stagione, si era comperato un paio di scarpe di cuoio con le suole bene imbroccate, e tutto fiero se le portava allacciate attorno al collo.

S'accompagnarono insieme e Bepi ascoltò Tönle fare strani soliloqui sulla guerra, sul prezzo della lana, sui soldati, sul castello di Praga, su Rodolfo d'Asburgo, sulle stampe che una volta era andato a vendere, sui cavalli ungheresi; e tutto in una allegra confusione. Ogni tanto si fermava al centro della strada e appoggiandosi al lungo bastone da pastore concludeva ogni confusionato pensiero con: – Ostia di ferro! io ne ho viste tante, ma tu, maindar kindar, ne vedrai piú di me!

Arrivò a casa, e come entrò in cucina dove la legna ardeva sul focolare ma non era ancora acceso il lumetto, subito notò che non c'era la moglie ad aspettarlo, e un'angoscia e un tristo presentimento gli serrò il petto e anche subito gli passò l'effetto del vino bevuto alla fiera. A mescolare nel paiolo di bronzo non era la moglie, come da sempre aveva visto dopo la morte di sua madre, ma la nuora, e i nipoti stavano in silenzio a guardare il fuoco. Neanche il figlio Petar era lí a fumare la pipa dopo il governo delle bestie. Si avvicinò al fuoco e guardò la nuora in silenzio, interrogando con gli occhi, e lei gli rispose con un cenno del capo come a dirgli: – È su in stanza.

Salí in fretta le scale di legno, sul ballatoio la porta della camera era spalancata e da una trave del soffitto pendeva sul letto una lucerna. Sua moglie era stesa dentro il grande letto d'abete e sembrava tanto piccola e minuta, respirava a fatica e il viso si era tutto raggrinzito. Petar era ai piedi del letto, immobile.

Le prese una mano tra le sue, era secca e fredda e con le vene marcate e dure sul dorso; lei aprí gli occhi e tentò di sorridergli. Petar disse: – Ho mandato Carlo a chiamare il medico. Non l'avete incontrato? Dopo che siamo tornati dalla fiera ha voluto che andassimo sul Moor a cavare le patate. Quando il sole è andato giú si è sentita poco bene e l'ho portata a casa sulle spalle. Ha freddo, dice; Brigida le ha messo un mattone caldo in fondo ai piedi.

Tönle fece cenno di sí con la testa e si fece accostare la seggiola. Stava lí immobile a guardarla tenendole tra le sue le mani fredde; lei aveva socchiuso gli occhi; il naso sembrava divenuto sottile sottile e piú minute e fitte le rughe, e le guance infossate; il colore abbronzato della pelle stava prendendo una sfumatura di cenere, e i capelli tirati dietro la nuca e fermati da un pettine d'osso forse gli davano fastidio perché si liberò una mano da quelle di Tönle e tentò di scioglierli. Tönle con delicatezza la alzò un poco sul cuscino.

Tutta la casa era diventata silenziosa, i ragazzi tacevano e la nuora si muoveva in cucina senza alcun rumore, tanto che si distingueva fino in camera il sussurrare del fuoco sul focolare. Tönle continuava a guardare quel viso e le mani ora posate sulla coperta e si rendeva conto del tempo e della vita che era corsa via: quella di sua moglie, quella sua, dei suoi vecchi, dei suoi figli e anche quella che sarebbe corsa via per i nipoti e i pronipoti.

Il cane del Cesare abbaiò nella notte, sotto sentí entrare il medico e i passi di suo figlio e di suo nipote. Poi un altro passo: quello del figlio Matío che era alpino nella guarnigione, in paese. Pensò: «Petar e Matío sono qui, ma Cristiano, Engele e Marco sono in America; anche Giovanna sarà qui tra poco».

Il medico salí le scale e si accostò al letto, si fece avvicinare la lanterna. Sentí il polso, poi il cuore posando l'orecchio contro il petto asciutto, le guardò gli occhi accostando ancora di piú il lume; la fece sedere sul letto e ancora bussò e ascoltò il torace e la schiena: – Non sentite dolore? – chiese.

– Ho solo freddo e un po' di debolezza, – rispose.

– Che dice? – domandò il dottore che era giovane e non capiva la nostra lingua. E Tönle tradusse.

Scesero in cucina e sul tavolo il medico scrisse il recipe. Petar lo accompagnò in paese per poi andare dal farmacista a prendere le medicine.

Non volle prendere alcun farmaco ma solamente un poco di latte di pecora allungato con acqua di orzo (cosí si svezzavano anche i lattanti).

Due giorni dopo chiuse gli occhi. Venne don Tita Müller a darle l'olio santo e dopo altri tre giorni cessò di respirare. Vennero ancora il prete con cotta e stola e il campanaro con la croce e il cavallo bardato di nero e giallo; tutta la contrada e anche quelle vicine l'accompagnarono sulla collina dietro la chiesa dove tutti da tre secoli andavano a riposare. Tönle quando ritornò si rese conto quanto vuota fosse rimasta la casa e il letto che avevano occupato per tanti anni, anche se per la maggior parte dei mesi dell'anno era stato lontano per necessità.

Qualche volta credeva di vederla rattizzare il fuoco sul focolare o nella stanza scura fare la cernita delle patate: la chiamava, ma allora la figura spariva e si sentiva solo.

In quell'autunno vi era stato un buon raccolto: abbondanti e sane le patate, di buon peso la segale e l'orzo e la dilla era stipata di fieno odoroso. Tönle portava le pecore a pascolare nelle comunanze e nei terreni enfiteutici ai margini del bosco comunale; nelle ore buone del pomeriggio, al ritorno dalla scuola, lo raggiungevano anche un paio di nipoti, i figli di Petar o di Giovanna, e assieme, dopo aver recintato le pecore con le stanghe attorno allo stabbio della Gluppa, andavano nel bosco Hano a racimolare le foglie secche dei faggi che poi, messe in grandi bisacce, a sera portavano a casa: sarebbero servite a far lettiera alle bestie per l'inverno e quindi letame in primavera.

A novembre nevicò, poi la pioggia denudò il terreno e venne un bel sole che fece rifiorire le pratoline sullo Spilleche. Nelle ore calde del giorno sui seminativi fumava la brina, e ora che con la guerra tutti gli emigranti erano tornati, si vedevano molti uomini al lavoro sulle rive per dissodare: dopo aver roncato i cespugli di ginepro e di crespino picconavano il terreno mettendo da una parte la cotica erbosa e le radici, da un'altra parte la terra nera e in un mucchio i sassi, quindi con i sassi piú grossi erigevano un muretto a secco, nel vuoto a monte mettevano gli altri sassi, poi la ghiaia e la terra; sopra la terra facevano il debbio con le zolle, le radici e i cespugli: il residuo della combustione era un ottimo concime. Il terreno era cosí pronto per la semina e abbondante sarebbe stato il raccolto per un paio d'anni; solamente che poche decine di metri quadrati cosí preparati richiedevano anche settimane di lavoro.

Come sempre, da quando non doveva piú varcare il confine, il nostro Tönle in quella primavera del 1915 lavorava a spargere il letame sui campetti: a portarlo no, ormai non era piú capace di caricarsi la gerla; invece alla sera quando tornava a casa portava sulle spalle una fascina di rami secchi per il focolare che sempre ne aveva fame. Ma la vera passione era sempre quella di starsene con le pecore sui pascoli; le conosceva a una a una per il colore della lana e per la maniera di belare anche se sembravano tutte uguali; sapeva anche il loro singolo carattere: quale bisognava guardare di piú perché solita allontanarsi dal branco, quale la piú vorace sull'erba novella e bagnata di rugiada e quindi soggetta a gonfiarsi il ventre, quale l'agnella che voleva sempre succhiare la madre anche se da mesi avrebbe dovuto essere svezzata, quale la piú lunga a ruminare. Al suo vecchio cane nero bastava poi un cenno, nemmeno una parola, che lui capiva il suo pensiero.

Quando nel pomeriggio lo raggiungeva un nipote si dicevano poche cose essenziali, ma cosí chiare e naturali e semplici che i silenzi che seguivano erano come meditazioni sulle stagioni, sui lavori, sul bosco, gli animali domestici e selvatici.

Un giorno suo nipote, al ritorno da scuola, gli raccontò che la maestra Augusta aveva spiegato che presto l'Italia sarebbe entrata in guerra contro l'Austria-Ungheria per liberare Trento e Trieste. Aveva portato anche in aula il giornale «Corriere della Sera» sul quale era scritto che il grande poeta Gabriele d'Annunzio aveva fatto un discorso sul luogo dove una volta Garibaldi era partito per la Sicilia, e che nelle città tutti volevano la guerra.

Quella del 1915 fu dalle nostre parti una primavera molto bella, la neve, con le piogge di marzo, si era sciolta molto in fretta, e pareva proprio che piú di ogni altro anno passato la chiamata della primavera con i suoni dei campani e i falò sullo Spilleche e sul Moor avesse svegliato in anticipo la vegetazione: appena la neve se ne fu andata per i mille ruscelli, tutti i prati si vestirono di bianchi crochi subito visitati dalle api, e a metà aprile i larici avevano fiorito con il canto dell'urogallo; ai primi di maggio misero la veste anche i faggi: un bel verde lucente che spiccava sul nero degli abeti; il ciliegio sul tetto era come un vezzo sui capelli di una fanciulla, o una nuvola fiorita: i petali si staccavano dai rami ancora nudi come leggere farfalle e si posavano dondolando sulla paglia che pur essa sembrava rinverdire. Intanto il cuculo che come sempre aveva fatto sentire il suo arrivo il giorno di San Marco, volava da bosco in bosco ripetendo il suo verso: a volte sembrava cosí vicino alle case degli uomini come volesse chiamare qualcuno. A causa della pioggia prima e ora di un caldo insolito l'erba dei prati cresceva rigogliosa e in fretta.

La mattina di buon'ora del giorno ventiquattro Tönle aveva guidato le pecore verso i soliti pascoli; poi si sedette ad accendere la pipa e a godersi il giorno. Sentí dapprima come un brontolio per il cielo, poi uno scoppio lontano. Si alzò in piedi e guardò attorno; non vide niente ma ancora sentí quel brontolio e lo scoppio ripetersi, e susseguirsene altri piú numerosi. Allora capí: era incominciata la guerra e i forti del Campolongo e del Verena sparavano a quelli di Luserna e di Vezzena.

Già nella notte gli era sembrato di avere udito qualcosa di simile, ma forse la linea dei monti e le correnti avevano portato per altra via il grosso dei rumori sicché a lui era arrivato sí, ma cosí remoto da non crederlo di cannonate, ma forse scoppio di mine, lontano, dove stavano lavorando sulle strade in alto, verso il Portule, dove volevano portare su in postazione i grossi obici da 280. E si era riaddormentato.

Ma in paese quella notte non avevano dormito; il comandante del presidio e quello dell'artiglieria avevano ricevuto l'ordine di allarme ancora la mattina del 23 e, prima del tramonto, si seppe della dichiarazione di guerra che l'ambasciatore di Vittorio Emanuele aveva presentato a Francesco Giuseppe.

Il tenente generale Pasquale Oro, che comandava il settore, inviò un proclama «a tutti gli abitanti» delle nostre montagne. Con parole risonanti diceva della fede nella vittoria, e della liberazione dei fratelli al di là della frontiera; poi piú prosaicamente chiedeva la collaborazione spontanea dei nostri compaesani con l'esercito e che, se richiesta, questa collaborazione doveva essere totale e pronta. In caso contrario l'avrebbe imposta.

Quella notte stessa i richiamati della territoriale erano partiti verso i confini dove già c'erano in linea le brigate Ivrea e Treviso. E nessuno, in paese, quella notte andò a letto perché tutti erano sulla strada a guardare in alto, verso il Trentino e verso i nostri forti dove avrebbero dovuto apparire le prime vampate delle batterie.

E vi furono, verso la mezzanotte. Dopo mezzo minuto dalla vampata si udiva il colpo di partenza e dopo un minuto, lontano e attenuato dalle montagne, quello dell'esplosione. Non si trattava dei fuochi della sagra, questa volta, e nessuno aveva voglia di parlare o commentare; i bambini stavano aggrappati alle gonne delle madri, le fidanzate ai fidanzati, i vecchi tra di loro fumando in silenzio. No, non poteva esserci entusiasmo per quelle vampate e per quei boati: erano lí sopra le loro case come una minaccia cupa e nuova; piú tetri ancora dei botti della campana a martello che annunciava gli incendi o, nei secoli passati, gli eserciti che dal nord scendevano in Italia per le nostre contrade portando violenza e morte.

Aspettavano sulla strada, i nostri compaesani, il sorgere del sole che un poco li riscaldasse; e dopo, in silenzio, come erano usciti quando era venuta la sera, quella mattina del 24 maggio 1915 rientrarono nelle case richiudendo le porte, anche se era usanza nella nostra piccola patria che le porte delle case restassero sempre aperte.

Per tutto questo quella mattina, sul fare del giorno, Tönle non vide i camini fumare, né gente in movimento negli orti o nelle strade che portavano ai boschi. Prima non ci aveva fatto caso, ma dopo aver sentito quei colpi capí il perché. Per la terza volta, con mestizia, riaccese la pipa; sentiva tristezza e anche rabbia quasi da sentirsi cattivo anche lui per la crudeltà dei governi e dei poeti che volevano la guerra. Per i generali, pensava, fare la guerra è il loro mestiere, anche se fare ammazzare la gente è il mestiere piú brutto; e forse a vent'anni fare il soldato, sia per l'uno o l'altro governo o Stato, è come giocare, come un'avventura, un'occasione di incontrare altra gente come te, o anche motivo di fare vedere la propria forza, o anche per il gusto di ribellarsi come fece il Tita Haus che dopo due anni di compagnia di disciplina il maggiore von Fabini dovette far rimandare a casa per indomabilità: quella volta l'aveva fatto vergare davanti a tutto il battaglione in rango e lui, dopo, calmo calmo si alzò dal cavalletto tirandosi su i calzoni. Il maggiore disse: – Soldato, ne avete abbastanza? Ricordatevi che io ho il cuore di ferro –. E il Tita Haus dopo essersi abbottonato gli sputò sugli stivali rispondendogli: – Se lei ha il cuore di ferro io ho il culo di bronzo –. E cosí, siccome ormai le avevano provate tutte, lo rimandarono a casa.

Ecco, in questa maniera si poteva fare o non fare il soldato, ma non sparare per ammazzarci tra povera gente. E poi per chi? Questo pensava Tönle guardando le sue pecore, tirando nella pipa e ascoltando il cannone oltre l'Ass.

Capitolo quarto

Quasi tutti i giorni, nell'ora di polenta, si sentiva a intervalli regolari quel brontolio di cannoni, ma ugualmente la vita continuava: venne essiccato il fieno sui prati, sarchiate le patate, ammucchiata la legna in bosco nell'attesa dell'inverno. Quando venne il tempo del secondo sfalcio dei prati, verso le malghe di Vezzena vi fu un attacco della fanteria italiana contro le fortificazioni austriache; i reparti erano usciti inquadrati dai boschi di abete con la fanfara e la bandiera in testa, i comandanti in alta uniforme e sciabola sguainata: cosí volevano arrivare a Trento. Invece vi furono tanti morti, e tanti feriti che vennero poi ricoverati nel nuovo edificio che avrebbe dovuto servire come ospedale per la nostra popolazione.

Per la prima volta, dal 1866, in quell'estate non si fece contrabbando tra le nostre montagne e la Valsugana, né gli emigranti presero la strada dei menadori ora che i tirolesi, che una volta davano loro ospitalità nelle pause del viaggio, erano mobilitati nei battaglioni degli standschutzen che difendevano i confini. Era quindi impossibile passare dall'uno all'altro Stato perché i soldati e le pattuglie sparavano, e non erano certo come i finanzieri e i doganieri dai quali per una lira si poteva comperare il passaggio; per un niente ora c'era solo da morire.

Anche a pascolare verso i confini era interdetto, e

per la prima volta da secoli una decina di malghe non vennero monticate. I paesani che non erano stati richiamati per la guerra, ossia gli anziani sui cinquant'anni e i giovani tra i quattordici e i diciannove, erano stati ingaggiati come operai militarizzati nei lavori di trinceramenti e nella costruzione di strade; e per le carreggiate che si inerpicavano per i fianchi dei monti e non esposte all'occhio del nemico venivano trainati a forza di braccia i grossi cannoni da 149 che venivano poi messi in batteria nelle postazioni sommariamente difese con tronchi di abete, tavoloni di larice e sacchetti di terra.

Due figli di Tönle, Matío e Petar, con altri compagni della contrada, delle contrade vicine e del paese, erano in linea con il battaglione degli alpini tra Porta Renzola e il Mandriolo; gli altri tre figli che erano in America avevano scritto una lettera dove dicevano che loro non sarebbero ritornati per fare a fucilate, ma solamente se avessero trovato un buon lavoro. E se non erano queste le parole precise questo il senso, certo. Cosí, ora che due figli erano sui confini a guerreggiare, tre in America a lavorare, le figlie sposate, che sua moglie era morta e che gli anni incominciavano a pesargli sulle gambe, il nostro Bintarn doveva lavorare di piú; sí, le nuore e anche i ragazzi aiutavano e pensavano all'orto, ai campetti di patate e di lenticchie, all'orzo, alle galline, ma solamente a lui era rimasta l'incombenza del gregge e della legna per l'inverno; e se anche le pecore non erano molte, ora che i pascoli alti erano interdetti e avevano permesso il pascolo nei boschi lungo i sentieri e nelle radure, era piú difficile controllarle perché a volte andavano nel fitto a distendersi per ruminare tranquille, sicché era poi difficoltoso radunarle per il rientro. E a far legna, poi, dopo un viaggio con sulle spalle un carico, arrivava in fondo al sentiero con le gambe stracche.

Ma se la guerra cagionava cosí non pochi disagi tra i nostri pastori, malghesi, carbonai, contrabbandieri e boscaioli, agli altri nel capoluogo recava guadagni perché gli alberghi erano tutti occupati da ufficiali e giornalisti, le trattorie da mense militari; e osti, pizzicagnoli, commercianti, panettieri, lavandaie e meretrici, insomma tutti quelli o quelle che avevano a che fare con l'esercito o il suo seguito traevano buoni guadagni.

Nella piana della contrada Schbanz avevano costruito dei grandi capannoni che avrebbero potuto contenere piú di cento pecore, ma ci avevano invece messo dentro degli aeroplani arrivati dal cielo. Un giorno il nipote di Tönle, al ritorno dalla scuola, andò subito nel bosco del Hano per raccontare al nonno che il poeta Gabriele d'Annunzio, ora comandante, come aveva spiegato il direttore Müller, era volato con quegli aeroplani fino sopra la città di Trento, e lí aveva buttato sopra i palazzi un biglietto e la bandiera italiana. Al sentire il racconto Tönle crollava la testa e tirava forte nella pipa: aveva visto quei grossi uccelli volare con rumore sopra l'Ass, era la prima volta, e allo stupore si accompagnava il dispetto: erano pur sempre marchingegni diabolici per fare la guerra e chissà quante lire costavano e quanta farina per polenta si sarebbe potuta comperare per sfamare la gente, o quante pecore. E se per loro c'erano i confini a che cosa servivano se con gli aeroplani potevano passarci sopra? E se non c'erano confini in aria perché dovevano esserci sulla terra? E in questo «per loro» intendeva tutti quelli che i confini ritenevano cosa concreta o sacra; ma per lui e per quelli come lui, e non erano poi tanto pochi come potrebbe sembrare ma la maggioranza degli uomini, i confini non erano mai esistiti se non come guardie da pagare o gendarmi da evitare. Insomma se l'aria era libera e l'acqua era libera doveva essere libera anche la terra.

All'inizio di quel primo inverno di guerra i suoi figli che erano stati su quei confini, vennero in licenza a turno. Cosí poterono tirare a casa con la slitta una buona scorta di legna che lui aveva preparato ai piedi della Gluppa.

Dopo queste licenze il battaglione venne trasferito sul fronte dell'Alta Carnia, perché, dicevano i rettori della guerra, lí c'era piú bisogno. Ma in realtà si sussurrava che i nostri alpini erano stati trasferiti perché questo fronte era troppo tranquillo, e poi cosí vicini alle loro famiglie avevano dimostrato scarso spirito aggressivo nei confronti del nemico.

Quell'anno la neve venne abbastanza presto a coprire i nostri monti, a novembre il bianco aveva già tinto i boschi neri del Dhor; nei fienili sotto gli ampi e ripidi tetti delle case erano riposti fieni e foglie secche per la scorta invernale e nelle cantine sotto le stube erano patate, cavoli, orzo.

Se non era per le cannonate che regolarmente verso mezzogiorno le batterie italiane sparavano sulle fortificazioni austriache, si poteva quasi credere che questo primo inverno di guerra era in tutto uguale a tanti altri inverni trascorsi. Ma non certo in paese dove c'era sempre movimento di soldati, di autocarri, di cavalli, di carabinieri; il trenino a cremagliera saliva sbuffando portando munizioni e armi e notizie dai vari fronti di questa guerra che già chiamavano mondiale come se ciò fosse progresso. Un giorno arrivò anche il re d'Italia, Vittorio Emanuele III, vestito da soldato semplice.

A Natale si cantarono le vecchie e tradizionali corali; ma solamente quelli delle contrade le eseguirono nella nostra antica lingua suscitando anche qualche protesta tra le autorità militari perché ritenute anti-italiane; sicché nei riti natalizi, in chiesa, a parte l'*Adeste fideles*, cantarono delle canzoncine insulse.

I giorni trascorrevano come ovattati dalla neve, e nelle stalle durante le veglie non si parlava di Odino o di Loki e degli Spiriti Custodi che il Concilio di Trento aveva definitivamente relegati in Val di Nos, o di lavori in paesi lontani, ma sempre della guerra che s'era portata via gli uomini validi ai lavori per le strade del mondo. E se per le strade del mondo qualcuno moriva sul lavoro non era come sul campo di battaglia: si lavorava per necessità proprie e dei famigliari mentre sui campi di battaglia ora si moriva per niente; perciò quando arrivava qualche annuncio di morte portato dai carabinieri o dal messo comunale al dolore si accompagnava un senso di amarezza rabbiosa.

Nella stalla del Nappa, al chiarore della lumetta, si sfogliava lentamente un periodico settimanale che costava venti centesimi: «La guerra italiana, cronistoria illustrata degli avvenimenti», della Casa Sonzogno di Milano. Ma certe illustrazioni e certe notizie, qui dove la guerra era, si può dire, sulla porta di casa, suscitavano dubbi e perplessità anche se immagini e parole stampate nei confronti di animi semplici hanno a volte forza di verità assoluta.

In una copertina si vedeva un soldato bardato con una specie di corazza, elmo, ginocchiere e asta come un crociato o un greco alla guerra di Troia delle stampe remondiniane. In una notizia si leggeva, invece, che in una baita occupata dai nostri alpini «... si trovò scritto in italiano su due pietre del muro, dalle quali usciva un arpione, QUI CI SONO DENARI – TIRATE! Nella cavità invece c'era una bomba pronta!» e in un'altra notizia che «... le frecce gettate dall'alto, dagli aeroplani, a nuvoli, sono armi terribili che cadendo acquistano una forza di penetrazione formidabile...» Questi fatti cosí descritti e la riproduzione di fotografie di giganteschi cannoni, o quella di un sentiero dove un tempo scendevano in Valsugana i nostri emigranti, con questa didascalia: «Lo sbarramento austriaco nel Trentino con reticolati elettrizzati», suscitavano commenti anche ironici e discussioni che sarebbero state definite disfattiste da qualche alto comandante.

Negli ultimi giorni di febbraio i ragazzi chiamarono la primavera come in ogni altro anno passato, suonando i campani delle vacche e correndo scalzi sui prati ancora innevati; ma le autorità militari avevano vietato severamente di accendere i falò sui dossi poiché potevano essere intesi come segnalazioni al nemico. E fu forse perché non vennero accesi i falò che il mese di marzo invece di sole e piogge portò altra neve e giorni e giorni di vento freddo.

Ma intanto si andava dicendo che gli imperiali stavano preparando un'offensiva; sembrava che dei disertori boemi e un soldato trentino passati al di qua delle linee avessero riferito che si stavano mettendo in batteria centinaia di cannoni anche molto grossi che sparavano bombe da dieci quintali; che tanti reggimenti stavano scendendo dal Tirolo provenienti dalla Balcania e dal fronte russo e che l'arciduca Eugenio in persona e il principe ereditario Carlo avrebbero comandato l'invasione delle nostre terre. Ma a tutto questo, anche si diceva, i nostri comandi non volevano credere.

Come fu dura e fredda la coda dell'inverno fu repentina e dolce la primavera: come in fretta si allungavano le giornate in fretta si scioglieva la neve e il canto del cuculo faceva rifiorire il bosco, e nelle contrade le donne che lavoravano negli orti alzavano la testa per ascoltarlo con malinconia e desiderio dei loro uomini lontani per la guerra. Tönle Bintarn invece, con la pipa sempre tra i denti diventava ogni giorno piú silenzioso e cupo: usciva da casa al crepuscolo del mattino e fino a sera non tornava; e nell'allontanarsi e nell'avvicinarsi alla vecchia casa sempre alzava lo sguardo al ciliegio sul tetto per vedere come gonfiava le gemme e buttava i fiori.

Una sera di maggio mentre sul Moor guardava le pecore e il paesaggio con insolita e insistente cura, sentí lenta e a lungo suonare la campana del transitus per gli uomini. Con insistenza i botti staccati e a intervalli regolari si dilatavano sopra i prati e i dossi boscosi sovrapponendosi al canto degli uccelli e all'ormai usuale lontano rumoreggiare dei cannoni verso i confini. Il nostro dolce paesaggio e quel solitario e lungo suono di campana gli struggevano l'anima e pensava quale dei paesani potesse essere morto.

Accese la pipa e gli capitò, quella sera, di pensare anche lui alla morte, ma non con angoscia e paura bensí come a un riposo, un restare in sosta per sempre in un paesaggio come questo, da guardare. Cosí certamente era stato per sua moglie quando quell'autunno un loro figlio la portò giú sulle spalle dal campo delle patate.

Quando, dopo aver rinchiuse le pecore, dato al cane una fetta di polenta, scese dal monte ed entrò in casa, la nuora gli disse d'aver sentito che era morto l'avvocato Bischofar. Glielo aveva raccontato una donna che era stata in paese a vendere le uova.

Seduto accanto al focolare cenò con una ciotola di erbe, un pezzetto di lardo e due fette di polenta; poi accese la pipa guardando la bracia che si spegneva. Ricordava il vecchio avvocato che lo chiamava sempre amico, anzi: main ksèl, e quando l'incontrava, forse due o tre volte in un anno, sempre gli parlava nell'antica lingua e sapeva anche i termini specifici dei pastori. Ma non dimenticava, Tönle, il bene avuto per i suoi di famiglia quando dovette un tempo fuggirsene dalla patria per il fatto della regia guardia di finanza; cosí sempre a Pasqua gli aveva portato un mezzo agnello che poi lui in qualsiasi modo voleva ricambiare o ripagargli. Fumava la pipa e guardava il fuoco che si spegneva e intanto il crepuscolo della sera entrava nella cucina affumicata levando agli oggetti ogni contorno. «Domani, – pensò, – scendo a dargli l'ultimo saluto».

Al mattino dopo si sbarbò con cura e si lavò, dall'armadio levò il vestito di mezzalana che indossava solamente nelle solennità, pulí e ingrassò le scarpe e, con la pipa stretta tra i denti ormai neri, scese in paese.

Stava, il vecchio novantenne, dentro la bara nel suo studio; i quadri alle pareti con le immagini di persone famose o illustri con dedica amichevole erano velati, sicché gli scaffali dei libri venivano incontro ai visitatori. Fiori, tanti fiori: rose, narcisi, grappoli di citiso, ranuncoli di prato, gerani in mazzi e in grandi vasi occupavano tutto lo spazio verso le finestre e il loro profumo copriva l'odore dei ceri. Molte persone salivano e scendevano dalle scale della vecchia casa che stava di fronte al quattrocentesco e unico «Palazzo dei Sette», anzi dei «Siben alten Kameun prudere libe».

Anche Bintarn salí quelle scale ed entrò nello studio. Non badò al canuto arciprete seduto in un angolo, ai famigliari e ai parenti del grande vecchio nella bara, alle autorità, ai popolani. Stette per un bel po' immobile lí davanti come avesse radici sul pavimento di tavole bianche, facendosi spingere e brontolare da chi voleva farsi avanti. Infine disse a voce alta, sí che tutti stupirono come spaventati: – Palle odar spete de leute allesamont sterben! – Presto o tardi tutte le persone muoiono.

– Amen! – con altrettanta forza rispose il vecchio arciprete dall'angolo dove stava seduto.

Tönle si inchinò leggermente verso la bara dove stava steso il suo amico, si mise il cappello in testa e uscí rapidamente scostando la gente per ritornare di buon passo sul Moor.

Tre giorni dopo era il 15 di maggio e il ciliegio sul tetto apriva i fiori, e i petali, come fiocchi di neve in alpe senza vento, si posavano sulla paglia che copriva la casa.

Tönle uscí di buon'ora, sulla porta ricaricò la pipa e l'accese, guardò l'albero, i prati giú per la riva dove l'erba fioriva e cresceva rigogliosa, e si avviò dalle sue pecore. Aprí lo steccato, animò il cane perché le spingesse verso il pascolo del Petareitle e le seguí con il suo passo sempre uguale ritmato dal bastone, lasciandole brucare qua e là lungo il bordo della strada delimitata verso i prati e i seminativi dalle tavole di pietra.

Giunto su, si sedette sotto un abete e levò dalla tasca un paio di patate che la sera prima aveva messo a cuocere sotto la cenere del focolare. Il cane seduto a lato aspettava la sua parte di bucce croccanti e saporite.

Gli parve allora di udire dal confine un rumore

d'aeroplano; del taube, colombo, come era conosciuto; poi lo vide uscire alto nel cielo sopra il nostro paese subito seguito da altri due come a formare un triangolo. Non ci fece gran caso, ma ancora una volta pensò a quanto lavoro e capitale sprecava la guerra.

Non erano rare le visite di questi «taube Rumpler C1» che venivano da lontano, forse da Trento o da Mattarello, passavano sopra e tornavano via dopo che la vedetta sul campanile aveva dato l'allarme e i soldati avevano sparato qualche inutile fucilata. Ma questa volta, invece, insistevano nel loro volo, giravano e rigiravano come poiane sopra la chioccia finché Eugenio suonò il campanone, quello stesso che nei mesi di calura faceva sciogliere le nubi nere e livide di grandine. Suonava a martello come per il fuoco che troppe volte incendiava le nostre case coperte di scandole e di paglia. I botti si dilatavano nel mattino e si sentivano solamente quelli, ora, né gli uccelli cantare, né gli aeroplani. La voce della campana maggiore su tutte le altre voci aveva fatto silenzio.

Tönle si alzò in piedi appoggiandosi con due mani al bastone; sentí quindi scendere dal cielo, da sopra i monti, come il rombo sordo e cupo di un grosso insetto e poi silenzio assoluto e laggiú, verso l'Hort, un bagliore e un grande fumo levarsi e dopo un boato da far tremare le radici delle montagne. Restò sgomento.

Era il «Lungo Giorgio», il cannone da 350 mm che sparava bombe da 750 chili per 30 chilometri; aveva dato il segnale della «Spedizione punitiva».

Il boato non si era ancora spento tra i dossi e le valli che a intervalli regolari altre bombe simili arrivarono sul paese annunciandosi da lontano con cupo brusio; e scoppiavano tra le case uccidendo, frantumando muri e tetti, incendiando.

Stando lontano e in alto non poteva certo sentire i gridi di spavento delle donne e dei bambini, i richiami dei soldati, gli ordini dei comandanti, ma poteva ben rendersi conto di quello che stava accadendo nell'abitato. Aveva anche notato che al boato regolare degli scoppi, al rumore degli aeroplani che sempre stavano sopra come poiane si era aggiunto ora un brontolio lontano e continuo, come di cannoneggiamento intenso e ininterrotto. E cosí era perché verso le Vezzene era incominciato l'attacco delle fanterie austriache.

Tönle recepiva tutti questi segnali tristi e immaginava la gente e il paese sotto il tiro del grande cannone e dentro di sé provava rabbiosa ribellione contro tutto e tutti; fumando e sacramentando parava le pecore verso il bosco, per entrare là dentro nel piú profondo e non vedere e non sentire. Ma non ce la fece a resistere per molto. Ricacciò fuori le pecore incitando il cane, le rinchiuse nello stabbio e scese verso la sua casa.

Era forse passato da poco il mezzogiorno, dal paese si alzavano numerose colonne di fumo e l'odore acre degli incendi e dell'esplosivo prendeva la gola anche ai fumatori di tabacco. Come entrò in cucina vide i nipoti che erano scappati dalla scuola, ancora accaldati ed eccitati per l'imprevedibile interruzione. Raccontavano alla madre cose confuse e spaventose e lei, che intanto aveva rovesciato la polenta sul tagliere, andava senza senso da un angolo all'altro della stanza cercando il coltello che teneva in mano.

Tönle riprovò in petto quella rabbia e quel dispetto che aveva sentito prima, in bosco, e con voce ferma cercò di mettere calma facendoli sedere zitti a mangiare. Ma nel silenzio era peggio perché gli scoppi delle grandi bombe e il brontolio lontano rendevano maggiori l'angoscia e la paura che non le confuse parole dei ragazzi e l'agitarsi della madre. Ma, d'altra parte, il vecchio era anche certo che le cannonate non potevano giungere nei pressi della contrada in quanto il Moor faceva da scudo e tutte le case si trovavano in un angolo morto.

Nelle prime ore del pomeriggio una pattuglia di carabinieri raggiunse la contrada, ma non c'erano contrabbandieri da arrestare, questa volta. A voce alta chiamarono sulla strada tutta la gente, una ventina di persone, per dire che tutti gli abitanti, per ordine delle autorità militari, d'accordo con quelle civili, dovevano sgomberare le case e dirigersi verso la pianura dove avrebbero trovato alloggio e assistenza. E tutto questo quanto prima, perché il pericolo era grande; e di lasciare porte e finestre aperte, e di portare con sé le cose piú necessarie. Forse nel giro di pochi giorni sarebbero poi ritornati. Detto questo i carabinieri se ne andarono a gridare l'ordine per le altre contrade.

Quella sera gli incendi illuminavano il cielo e Tönle andò ai Prudeghar per accompagnare la nuora e i nipoti da sua figlia Giovanna. Sul carrettino della legna aveva messo un po' di suppellettili e un sacco con vestiti e coperte, al collo della nuora aveva legato un sacchetto di pelle con dentro cento lire in pezzi d'argento. Lí, ai Prudeghar, le famiglie si erano riunite in gruppi e donne, vecchi, ragazzi, bambini se ne sarebbero andati prima dell'alba per strade secondarie, evitando il paese bombardato; giunti poi al bosco della Luka, per la strada del Camporossignolo sarebbero scesi in pianura. Tönle salutò bruscamente figli, nuora e nipoti, brontolò loro qualcosa intendendo dire che lui se ne ritornava nella sua casa, e se le cose si fossero messe al peggio li avrebbe raggiunti dopo, con le pecore.

Sebbene ormai di cose e fatti del mondo ne avesse viste e passate, mai gli era capitato di vedere cosí le case degli uomini; cosí vuote, silenziose e misere. Come un'arnia abbandonata; o un nido rapinato; e tra tutte quelle porte e imposte spalancate davanti alla guerra si rinchiuse dentro la sua casa come mai aveva fatto, neanche quando era stato ricercato dalle guardie. E si ritirò in camera sbarrando pure quella sua porta, che sempre aveva tenuto socchiusa, con un'asta di frassino.

Non dormí, e nel grande silenzio della sua casa dove si potevano ascoltare le voci delle travi, e della contrada che parlava con il cigolio delle finestre (oh come avrebbe voluto sentire la pioggia sul tetto e il vento leggero tra i rami del ciliegio!), ben dirompenti erano ancora i rumori delle cannonate lontane e vicine e il fruscio degli incendi.

Quando si alzò era ancora buio e aperta la finestra a sud, quella che guardava il paese, si legò le scarpe al chiarore delle fiamme lontane. Poi uscí e salí il monte.

Non erano questi come i fuochi di festa della notte del 1° gennaio 1900 quando, non potendo partecipare con tutti i compaesani, accese il suo falò davanti alla croce del monte Katz: allora c'erano allegria e fanfare, ora paura e pianti; e a questo di adesso come a quell'altro fatto, pure essendone coinvolto, gli toccava di partecipare in solitudine.

Vide l'alba da lassú, e poi la gente andarsene per le strade che dalle contrade portavano verso la pianura, e reparti di soldati che dalla parte della pianura salivano a piedi o in bicicletta incrociando i nostri profughi. Intanto, in tutto questo, sempre piú aumentando, giungeva il rumore della battaglia.

Si caricò la pipa, l'accese, guardò l'ora e si avviò dalle sue pecore che ancora ricacciò nel bosco piú profondo.

Quel giorno pattuglie di soldati, di carabinieri e di guardie di finanza passavano per i centri abitati e per le case sparse a controllare se l'esodo totale fosse avvenuto. Ma trovarono sempre qualche ritardatario che indifferente al pericolo o per ignorante ostinazione sfidava incendi e bombe e ordinanze di generali per cercare di salvare qualcosa di piú necessario: o denari, o biancheria e vestimenta, o solamente ricordi. Il fumo sopra le case era greve e i gerani alle finestre, gli orti, i prati in fiore non riuscivano ad attutire la bruttura e il disgusto di quel fumo giallonero; come il canto delle allodole e dei fringuelli negli angoli piú remoti e tranquilli non poteva farsi sentire tra la disperazione delle voci.

Nel pomeriggio Tönle uscí in una radura e vide laggiú che anche il campanile bruciava. Forse una bomba incendiaria aveva colpito la cella campanaria attaccando il fuoco alle capriate di legname che sostenevano le campane; allora con rabbia e accoramento gridò: – Alle inzòart! – Tutto è finito. E si mise a battere con il bastone contro un cespuglio. Quando si calmò ritornò a guardare il campanile ricordando come tanti anni prima anche sua madre e sua nonna avessero dato i loro orecchini d'oro per farli fondere nel bronzo delle campane affinché il loro suono risultasse piú armonioso.

Passarono altri giorni. Piú nessun civile restava tra le case e anche i soldati che in fretta venivano avviati ad arginare l'offensiva, cercavano di evitare gli abitati e venivano fatti camminare di notte. Tönle stava tutto il giorno dentro il bosco con le pecore e il cane e quand'era sera e sul tetto non distingueva piú il ciliegio, allora, usciva dal margine del bosco cauto come la volpe ed entrava in casa per riposare un paio d'ore e mangiare qualcosa.

Quello che gli cagionava disappunto era che non poteva accendere il fuoco. In questi luoghi abbandonati e miserevoli era ora abbondante il cibo come mai lo era stato nei secoli perché dentro le case spalancate si trovavano patate, lardo, qualche pezzo di formaggio, orzo e lenticchie, persino qualche stecca di carne affumicata; galline e conigli si aggiravano sparuti tra i cortili e le stalle vuote quasi cercando la compagnia dei proprietari e a qualche soldato sbandato non era diventato difficile, ora, catturarne qualche capo.

Una sera Tönle entrò nella casa dei Pûne che una volta era piena di ragazzi e ragazze e ora silenziosa e spalancata. Sul susino davanti alla casa si era calato uno sciame d'api che nessuno ormai avrebbe raccolto e nel sottoportico regnavano gatti randagi. Entrò in cucina dicendo a voce alta: – Si può? – come faceva quando nella casa c'erano gli abitanti.

Entrò nel silenzio, stette un po' sulla porta guardando nella scansia sopra le pentole di rame dove sapeva esserci la bottiglia d'acquavite con la genziana. La bottiglia era ancora lí al suo solito posto, e anche i due bicchierini messi all'ingiú perché le mosche non li insudiciassero. Prese la bottiglia di vetro scuro e un bicchierino, si sedette sulla sedia di paglia vicino al focolare, si versò un bicchierino colmo fino all'orlo e bevette guardando la cenere spenta. Quando si alzò per riporre al loro posto bottiglia e bicchierino il buio della sera era già entrato nella casa; richiuse la porta, guardò laggiú dove sempre gli incendi e il fumo si levavano sopra il paese.

La mattina dopo, sull'alba, volle anche andare nella stalla dei Nappa. Le catene pendevano inerti dalla mangiatoia dove ancora c'era dentro il fieno che le vacche non avevano avuto il tempo di mangiare; la lettiera era sparsa all'ingiro con lo sterco. Prese allora la scopa di sanguinella che era dietro la porta e pulí il corridoio. Raccolse pure gli aspi e i mulinelli delle donne che erano lí abbandonati e li portò nella stanza tra la stalla e la cucina dove sul telaio era in lavoro una tela di canapa e lino. Gli prese la nostalgia delle veglie, di quando lí si radunavano tutti a raccontare le loro storie e qualche volta a cantare la canzone degli eisenponnar.

Nella terza decade di maggio i giorni divennero caldi di sole, in maniera insolita per questa stagione, sicché i prati erano fitti d'erba che cresceva a vista d'occhio di giorno in giorno; e sui terrazzi dove erano stati seminati, orzo e segale, patate e lino, avena e lenticchie crescevano rigogliosi piú che in ogni altro anno passato come se tutto ciò fosse la rivincita della natura sulla guerra degli uomini. Tönle, nella notte, avrebbe potuto far pascolare il suo piccolo gregge in quell'abbondanza abbandonata, ma l'ipotesi nemmeno gli passò per la testa. E non voleva nemmeno abbandonare il suo luogo e andarsene con le pecore e il cane verso la pianura dove già parenti e compaesani erano scesi da giorni; si sentiva come il custode dei beni che tutti avevano lasciato e la sua presenza era come un segno, un simbolo, di vita pacifica contro la violenza della guerra. Gli veniva anche di pensare al suo vecchio amico avvocato che dieci giorni prima aveva salutato per l'ultima volta, e a sua moglie che era stata portata giú a spalla dal campo delle patate il giorno di San Matteo e che ora riposava nel cimitero dietro la chiesa. Ma la chiesa era quasi distrutta, il campanile demolito a cannonate e le campane frantumate, e le tombe del cimitero sconvolte dalle bombe.

Dai suoi rifugi nel bosco osservava passare i soldati che a battaglioni e a reggimenti andavano verso il combattimento. Un giorno il cannoneggiamento divenne violentissimo. Poi cessò.

Il silenzio era piú impressionante del boato della battaglia e le cornacchie e i corvi, fattisi arditi, quel giorno presero possesso dei cortili, degli orti, delle nostre case abbandonate. Tönle vide gruppi di soldati in disordine, senza comandanti, in parte disarmati e anche feriti che scendevano dal Dhor verso i Prudeghar; altri ancora, inquadrati, risalivano per i boschi, e in silenzio prendevano i sentieri per le montagne piú alte.

Il giorno dopo il combattimento riprese piú vicino, i cannoni ripresero a sparare dall'al di qua dell'Ass e bruciarono altre case e altri paesi sparsi. Verso sera, ma non c'erano piú campane a suonare l'ora del vespero, un tenebroso temporale si addensò nella Wassa-Gruba e con i bagliori dei lampi, fragore di tuoni e di grandine andò a scaricarsi verso il Moschiagh. Contemporaneamente al temporale si scatenò sullo stesso monte un attacco austriaco con salve di batterie, raffiche di mitragliatrici, granate a mano, bombarde, fucilate, cosí che l'uno e l'altro fragore, quello del cielo e quello della terra, si confusero in una infernale bufera.

Tönle, stando riparato sotto un abete che aveva i rami sino a terra, dal margine del bosco del Gharto ascoltava con trepidazione quel diesire e di tra i rami dell'abete guardava i lampi dal cielo e dal monte. Era come incatenato da quel funesto spettacolo e non riusciva a distogliere lo sguardo e a muovere i piedi per andarsene via.

Quando la natura e gli uomini si placarono ritornò a udire le gocce d'acqua che si staccavano dai rami ma anche, lontane, distinse le grida dei feriti e, infine, staccata e sola, una scarica di fucileria nel bosco del Sichestal.

Quella notte stessa, quando scese nella sua casa, decise di prendere quanto piú cibo e tabacco potesse portare. Ma nella contrada incontrò un gruppo di soldati sbandati che stava saccheggiando; con rabbia e impugnando il bastone come fosse un fucile si mise a urlare in tedesco e quelli, sorpresi, scapparono via forse credendo in arrivo dei soldati nemici. Non si fermò in casa, e andò a passare la notte nel rifugio sotto la scaffa dove cinquant'anni prima si era nascosto dopo il ferimento della regia guardia di finanza. Le pecore le aveva lasciate, guardate dal cane, tra la scogliera della Kheldar dove molto difficilmente uno non pratico dei luoghi avrebbe potuto trovarle.

Il giorno dopo sembrava ritornata la calma; i soldati superstiti dei reparti che avevano risalito i boschi verso le montagne a nord ritornarono indietro, ripassarono i prati e la conca, si ritirarono a sud del paese che sempre bruciava e si misero a scavare difese dentro i boschi e sulle alture che chiudevano l'accesso alla pianura.

All'alba Tönle mangiò un pezzo di carne affumicata, accese la pipa e, nel silenzio nuovo, ritornò dalle sue pecore. Il cane lo accolse festoso e le pecore belando. Con il piccolo gregge scese all'aperto e lo condusse a pascolare nelle comunanze dove l'erba da troppi giorni non veniva brucata ed era cresciuta come non mai.

Nel pomeriggio vide uscire dal bosco una pattuglia sospettosa e dal comportamento e dalle divise capí che erano austriaci; e questi, camminando guardinghi e curvi dietro le lastre di pietra ai margini delle stradette, avanzarono fino al paese ormai completamente distrutto. Era il 28 di maggio.

Come prima aveva evitato i soldati del regio esercito italiano cosí, e con piú prudenza, cercava ora di evitare i soldati dell'imperiale e regio esercito austro-ungarico. I combattimenti però si erano spostati a sud del nostro paese, dove si faceva estrema resistenza, e quei dossi boscosi per giornate intere e per notti intere erano continuamente dilaniati dai cannoni e dalle bombarde, e i boschi segati dalle mitragliatrici.

Tönle guardava e ascoltava tenendosi sempre nascosto nel piú fitto, tendendo l'orecchio a ogni rumore vicino per non farsi sorprendere o predare delle pecore. Nei pomeriggi, rannicchiato in qualche anfratto come un animale selvatico, a volte gli capitava di pensare alla moglie morta, all'amico avvocato, o a quando era a lavorare da giardiniere nel castello di Praga. Stranamente non gli capitava di pensare ai tre figli emigrati in America, ai due in guerra negli alpini, ai nipoti, alle figlie, alle nuore che erano fuggite in pianura il secondo giorno del bombardamento.

Era il 9 di giugno quando decise una sera di ritornare a dormire nella sua casa; e cosí lasciate le sue pecore con il cane nella scogliera della Kheldar, scese con passo rapido e deciso verso la contrada abbandonata.

I bagliori del combattimento, ai quali ormai si era abituato, gli illuminarono il sentiero prima e la casa dopo. Come entrò si accorse subito che anche lí erano passati i soldati; ma forse era per la povertà della casa stessa e degli arredi che non avevano fatto gravi danni; ugualmente però, avevano lasciato il segno lordando la cucina, buttando all'aria ogni cassetto e bruciando una sedia sul focolare. Ma le due vecchie stampe, quella della caccia all'orso e quella dei lupi che assalivano la slitta, erano ancora al loro posto dove le aveva attaccate suo figlio Petar quand'era ancora un ragazzo, quel primo anno di latitanza. Accostò una sedia e le staccò dal muro e sotto apparve un bianco di calce che sembrava un vuoto sui muri affumicati. Si guardò intorno per cercare un posto dove nasconderle; infine si decise di infilarle sotto una trave della stalla.

Rientrando in cucina calpestò sulla porta degli escrementi umani; subito montò in collera, bestemmiò, prese la scopa di sanguinella e buttò fuori il lordume; dalla cisterna dell'acqua piovana prese anche un secchio d'acqua e con forza lo gettò sulle lastre del pavimento; scopò fuori l'acqua; rimise in ordine gli oggetti; infine richiuse la porta e si ritirò nella sua camera, quella di sempre, che sognava quando era per il mondo e che aveva goduto per tanti inverni.

Dal taschino del panciotto estrasse il suo orologio per ricaricarlo e poi agganciarlo per l'anello al solito chiodo vicino alla testiera del letto. Ma prima di appenderlo lo tenne in mano per sentirne il peso e il battito e anche se nella penombra non riusciva a leggere bene le ore, vedeva il movimento del martello che il cavatore batteva sul ritmo dei secondi, e al contatto delle dita le parole a sbalzo attorno al quadrante, e sul retro, sempre a sbalzo, la riproduzione dell'interno di una miniera, con i pali, la lanterna e due minatori. Quest'orologio lo aveva comperato tanti anni prima passando da Ulm, e quegli incisi erano i motti degli operai socialisti che appena allora incominciavano la lotta per la riduzione delle ore di lavoro. Le iscrizioni a sbalzo dicevano in tedesco: «Noi vogliamo otto ore lavorare – Otto ore imparare – Otto ore riposare»; e ancora: «Per sociale concordia, fratellanza e unità». Soppesando nel palmo l'orologio pensava: «Di ore nella mina se ne faceva sedici o anche piú, e ora invece della fratellanza c'è la guerra, e i poveri si ammazzano tra di loro...»

Appese l'orologio al chiodo, si levò le scarpe, si sdraiò sul letto e si tirò sopra una vecchia coperta. Lontano c'erano sempre quei bagliori d'incendi e i lampi dei cannoni, e il rumore continuo, ora piú forte, ora attenuato.

Verso mattina sentí un passo avvicinarsi alla casa e dei colpi violenti alla porta. Non si mosse dal letto, pensò: «Già, se lasciavo la porta spalancata nessuno avrebbe bussato; una porta chiusa tra tutte le altre aperte vuol dire che c'è dentro qualcuno e queste cose i soldati le capiscono». Batterono piú forte e il saliscendi si ruppe e la porta sbatté contro il muro. Sentí camminare per la cucina, entrare nella stalla e ancora pensò: «Speriamo che non trovi il tabacco». Il soldato rientrò in cucina e salí le scale.

Anche la porta della camera si spalancò, e socchiudendo gli occhi nella penombra vide un ragazzo in divisa restare un poco immobile sulla porta a guardarsi attorno e poi fermare lo sguardo sul letto dove Tönle fingeva di dormire. Attratto dal battito e dal luccichio dell'orologio appeso sopra la testiera si avvicinò piano piano e allungò la mano per prenderlo. Tönle aprí gli occhi e con voce bassa disse in tedesco: – Non toccarlo, bamboccio!

Il soldato rimase di sasso e quando si riprese uscí di corsa, inciampando per le scale. Anche Tönle si alzò appena il soldato uscí in cortile, si mise in fretta le scarpe e scese in stalla a prendere il tabacco per la pipa che, intrecciato a corda, aveva nascosto sotto lo strame nell'angolo piú buio. Ma nell'uscire si trovò davanti la porta di casa una pattuglia di austriaci comandata da un alfiere che subito gli si fece incontro dicendo in italiano: – Siete una spia e vi dichiaro in arresto!

Tönle sputò per terra la saliva scura di cicca brontolando qualcosa che l'ufficiale non capí interamente e perciò gli chiese ancora in italiano: – Ma cosa dite? Venite con noi!

– Ho le pecore da portare al pascolo, – rispose il vecchio in tedesco, – e non ho tempo da perdere con i militari –. Fece per andarsene ma ad un cenno dell'alfiere due soldati gli sbarrarono il passo e lo presero per le braccia. Con uno strattone si liberò, ma non avendo piú l'agilità di un tempo venne subito ripreso e tenuto saldo.

– Vecchio diavolo! – disse l'alfiere in tedesco e con accento viennese; – adesso ti sistemiamo noi. Ti portiamo al comando e sentiremo cosa dirai. Ti faremo fucilare!

– Tu, signor alfiere, – disse il vecchio scimmiottandogli l'accento viennese, sí che ai soldati venne da ridere, – sei un ragazzo che non capisce niente. Ti ripeto che ho da portare al pascolo le pecore.

Lo presero in mezzo e lo fecero camminare in direzione della casa dei Pûne; camminando curvi per il Grabo raggiunsero il Petareitle dove nel 1909 Matío Parlío aveva costruito la sua casa fuori dal mondo; qui ora gli austriaci avevano posto il comando di un loro reggimento. Dietro la casa erano in allestimento le cucine e c'era un via vai di soldati: chi scavava, chi portava legna, chi acqua dal Prunnele; nello stabbio del Nicola Scoa dovevano aver allestito un posto di medicazione perché lí vicino sostavano altri soldati con fasciature vistose.

Attorno al vecchio si radunarono subito molti curiosi, parlottando tra di loro; un caporale si avvicinò porgendogli una tazza di caffè caldo e lui la prese senza dire parola. Dopo averla bevuta lentamente sotto gli sguardi di tutti i soldati lí radunati, restituí la tazza vuota dicendo: – Grazie, caporale.

– Parlate in tedesco, nonno? – gli chiese costui.

– Sí, – rispose, – prima di te –. E non volle aggiungere una parola.

Lo scortarono quindi dentro la casa, in cucina, dove un maggiore, appoggiato con le mani all'orlo del tavolo, studiava le carte topografiche che erano stese sopra. L'alfiere che lo aveva preso stava rispettosamente due passi discosto, e certo prima aveva spiegato come stavano i fatti.

– Dunque, – disse improvvisamente il maggiore alzandosi ritto, – avete le pecore da pascolare. E dove sono?

– Nella scogliera della Kheldar.

– E quante sono?

– Ventisette con le agnelle –. Ma il vecchio disse agnelle nel nostro antico linguaggio sicché il maggiore non capí.

– Con che cosa?

– Con le pecore vergini, – rispose. Al che l'alfiere sorrise portandosi una mano davanti alla bocca.

– Perché non siete andato via con gli altri quando abbiamo bombardato?

– Perché. Perché qui è la mia casa e io sono un vecchio uomo.

– Avete parlato o vi siete ritrovato prima con qualche ufficiale italiano?

– Con nessuno!

– E dove sono andati i bersaglieri che erano sul monte Mosciagh?

– Non lo so.

– Perché parlate cosí bene il tedesco?

– Perché, sempre perché. Ho fatto il soldato in Boemia, e poi ho lavorato per tutte le terre dove comanda l'imperatore Francesco Giuseppe.

– Chi era il vostro comandante in Boemia?

– Il maggiore Fabini.

– Il feldmaresciallo von Fabini, volete forse dire. Ma allora siete un suddito fedele – disse il maggiore con un certo entusiasmo.

– No, – rispose. – Sono solamente un piccolo pastore e un vecchio proletario socialista.

– Allora siete una spia degli italiani e siete rimasto qui per questo!

– Al diavolo voi e gli italiani. Lasciatemi andare per i fatti miei.

Ma anche il maggiore si spazientí e fece un cenno ai due soldati di scorta che lo riportarono fuori, dietro la casa.

Dopo una mezz'ora venne l'alfiere con un caporalmaggiore, lo presero con loro e lo seguirono lungo il sentiero del Platabech sino alla scogliera della Kheldar per accertarsi se era veritiera la storia delle pecore. E dopo due ore ritornarono indietro con le pecore e il cane nero.

Capitolo quinto

Mai gli era capitato, né mai aveva sentito dire, di pascolare le pecore sotto scorta armata, e i due soldati stiriani che avevano avuto questo incarico quasi si divertivano come ragazzi di città a seguire lui con il suo gregge in luoghi nascosti ai tiri dell'artiglieria italiana; ma dopo tre giorni, sempre per sentieri defilati ai cannoni, e lui questi sentieri li conosceva meglio dei militari che li studiavano sulle carte topografiche, si avviarono a varcare i vecchi confini. I cannoni a sud della conca mandavano giorno e notte le loro scariche sulle vie di comunicazione, o sui presunti luoghi di radunata o di comandi austro-ungarici o di magazzini: Tönle lentamente prese la via piú lunga, e i due soldati lietamente furono d'accordo.

Passarono per i luoghi dove negli ultimi giorni di maggio era infuriata la battaglia e i segni erano ancora evidenti: cannoni fatti saltare e abbandonati, carriaggi, materiali di ogni genere, segni di incendi, boschi rinsecchiti e pascoli lacerati dalle bombe. Ma anche cadaveri di animali e di uomini.

Non voleva guardare tutte quelle cose e quegli effetti, ma loro c'erano anche se non guardava, e li sentiva al seguito come un'ombra, con le pecore e con la scorta dei due soldati. Al bosco del Sichestal, passando in fretta, vide tredici soldati italiani morti uno a fianco all'altro, senza distintivi, mostrine o gradi, e uno della scorta gli disse che risultavano essere stati fucilati dai loro stessi compagni per chissà quale ordine superiore. Poco lontano da quel luogo, alcuni soldati che tra loro parlavano croato stavano scavando una fossa, e i loro fucili erano in fascio sotto un abete.

Al nostro vecchio venne il ricordo di quella sera, era il 28 o il 29 di maggio, quando dopo il temporale e il combattimento sentí la scarica di fucileria.

Proseguirono per il Dhorbellele dove una volta lo avevano fatto andare con le pecore durante i tiri d'esercitazione; sul monte Kuko, tra i mughi e i rododendri vide ancora dei soldati distesi come a dormire, e ancora uno della scorta gli spiegò che erano soldati italiani morti per il combattimento del 26 maggio; e che c'era anche lui lí, sul Portule.

Scesero nella valle dell'Ass; alle sorgenti reparti di austriaci che riposavano stavano sdraiati sotto gli abeti e guardavano curiosi il vecchio, le pecore e la scorta, e tra loro si lanciavano motti ironici per quei singolari prigionieri.

Finalmente raggiunsero la strada, quella stessa strada che tante volte aveva percorso per andare a lavorare oltre il confine, e le cannonate e i rumori della battaglia che mai avevano sostato e ai quali si erano abituate anche le pecore, rimasero alle spalle.

A Vezzena incontrarono un gruppo di ufficiali che con binocoli, borse a tracolla e ordinanze si incamminavano verso l'Italia, ma al sorpasso si fermarono a guardare quello strano insieme e il giovane tenente Fritz Lang venne a parlare con un soldato della scorta e con il vecchio. Tönle, che aveva deciso di non parlare piú con nessuno, non rispose alle domande dell'ufficiale. Non rispose nemmeno quando vide, nel centro del gruppo, contornato e rispettato con ogni formalità, il suo comandante di Budejovice, appunto il maggiore von Fabini.

Il feldmaresciallo von Fabini, ora comandante dell'8ª Divisione di Montagna del XX Corpo d'Armata dell'arciduca Carlo, margravio di Asiago, fissò per un attimo negli occhi quel vecchio sporco e stracciato, gli parve anche per un attimo di rivedere o riconoscere qualcosa, infine staccò la mano sinistra dal cinturone, fece un gesto indefinibile e proseguí la strada verso la Val d'Astico seguito dal suo Stato Maggiore. Anche gli altri proseguirono: Tönle e le sue pecore con il cane nero e la scorta armata, voglio dire.

Per la notte si fermarono tra Santa Giuliana e Centa, dove finiva la ripida discesa del Menador. Il giorno dopo scesero a Pergine e qui senza alcuna spiegazione entrò in una casa di contadini dove sempre, ogni primavera, i nostri emigranti erano soliti fare tappa per ristorarsi prima di riprendere la strada verso Ulm. Ma la casa era vuota e abbandonata; paglia sul pavimento e disordine dicevano che gli ultimi abitanti erano stati i soldati in transito.

A Pergine vennero i gendarmi a prenderlo in consegna. A malincuore i due soldati di scorta rifecero la strada verso il fronte dopo averlo salutato con effusione. I gendarmi rinchiusero le pecore e il cane in una stalla abbandonata e lo fecero salire sul treno per Trento.

Ogni suo ribellarsi era stato inutile, e inutile il latrare del cane e il belare delle pecore. Sempre sotto scorta arrivò cosí al comando della gendarmeria dove ancora lo interrogarono dopo due giorni.

Fu durante l'interrogatorio che lui rispondendo a voce alta e con collera fu udito dal suo cane e dalle pecore che condotte dai soldati stavano passando per la via sotto le finestre, come in transumanza. Anche lui udí le pecore berciare e il cane abbaiare e affacciatosi di slancio alla finestra, e sorprendendo cosí l'ufficiale che lo stava interrogando e i gendarmi, si mise a gridare al suo modo di pastore sicché tutto il gregge si fermò bloccando la strada e il transito a un reparto di artiglieria.

Non ci fu verso di smuovere le pecore e il cane, cosí alla fine dovettero farlo uscire in strada e permettergli di mettersi in testa al branco, e come un re, e con la scorta, attraversò la città tra lo stupore dei pochi civili e dei troppi militari.

Andarono cosí fino a Gardolo ma qui definitivamente lo separarono dai suoi animali rilasciandogli una ricevuta con timbro; e lo fecero salire su una tradotta diretta al Brennero, e lo portarono in un campo di concentramento, a Katzenau, dove già c'erano altri civili.

Furono questi i giorni piú tristi della sua vita; alla collera e al dispetto provati nei giorni del suo arresto gli subentrò nell'animo una cupa oppressione sí da renderlo tetro e inviso agli altri civili, abitanti della Valsugana e roveretani, là rinchiusi.

La mancanza quasi assoluta di tabacco gli rendeva impossibile la disciplina imposta dal comandante del lager, von Richer. Mangiava anche poco perché la fetta di pane nero e malcotto la scambiava, quando si presentava l'occasione, con un pizzico di tabacco da pipa; e la minestra della sera la dava di nascosto a una bimbetta che gli ricordava troppo una sua nipotina. Gli venne anche la tentazione di barattare l'orologio contro tabacco e una sera, dopo averlo tenuto nel palmo della mano per un'ora giusta, decise di no: troppe cose della vita erano legate a quelle ore, a quei movimenti di molle e ruote, alle scritte attorno al quadrante: gli era come rinunciare a tutto quello che era stato. Perciò strinse i denti scuri contro la cannuccia della pipa e quasi la stritolò.

Il tempo, in quell'ozio forzato, era lentissimo a passare e sembrava, poi, che incidesse sul suo spirito dieci volte di piú. In pochi mesi era diventato completamente canuto e le rughe del viso si erano infossate come crepe su una montagna dilavata; anche le mani si erano fatte ossute e avevano perduto il loro vigore.

Un giorno, sotto scorta e con altri due compagni, venne mandato ad aiutare i contadini a raccogliere le patate sui campi; gli sembrò di rinascere, ma solo per quel giorno perché quando venne riaccompagnato tra i reticolati e le baracche divenne di umore ancora piú nero, anche se era riuscito a contrabbandare dentro il lager qualche chilo di patate. Una parte di queste le diede alla madre della bimbetta che lo chiamava nonno e l'altra parte la cambiò in tabacco.

Quella sera stessa, al tramonto, cercò un angolo tranquillo dove fumare la pipa abbandonandosi ai ricordi e alla nostalgia. Ma una guardia, che forse aveva il suo stato d'animo, si avvicinò per parlare.

– Buona sera, nonno, – gli disse. – Come va?

– Fumo, – rispose Tönle.

– Vedo. Ma perché vi tengono qua dentro? Quanti anni avete?

– Piú di ottanta.

– Di che paese siete?

Non rispose subito. Levò la pipa di bocca e lo fissò in viso.

– Sono stato ferito vicino al vostro paese, – disse il

soldato di guardia, che evidentemente era stato messo a quel servizio perché inabile ai servizi di guerra. – Ora è tutto distrutto.

– Lo so.

– Sono stato ferito quando ci siamo ritirati sulle posizioni di resistenza.

– Ah, jà, – disse Tönle, – allora è stato ripreso dagli italiani?

Seppe cosí che l'offensiva degli austriaci era stata fermata e respinta, che tutte le case erano in macerie, che ora la linea passava proprio dietro la sua casa e saliva per i prati, i pascoli e i boschi e le montagne fino al vecchio confine al Passo dell'Agnella.

Ma forse la sua casa no, non era stata distrutta, la sua casa i vecchi l'avevano costruita in un luogo riparato dalle intemperie e forse dalle cannonate.

Venne un autunno triste, senza i colori che da noi sono cosí accesi; una pioggia sottile e grigia cadeva sul mondo in guerra. Attraverso i vetri delle finestre inferriate della baracca il vecchio Tönle Bintarn guardava alla pioggia e pensava al fuoco della sua casa, al ciliegio su quel tetto, alle altre case della contrada, al fumo dei camini, e a quello che era stato dentro quelle case: ai morti e ai vivi. E il tempo dentro quella baracca gravida di odori, di voci inutili e di umidità era lentissimo a passare.

In quel tempo che non finiva giunse dentro al lager la notizia che l'imperatore Francesco Giuseppe era morto. Tönle ricordava d'averlo visto una volta alla parata militare dopo le manovre ai confini con la Russia; già allora gli sembrava vecchio, con quelle lunghe fedine e i mustacchi folti e grigi. «E se era già vecchio quando ero soldato, – pensò, – chissà quanti anni aveva ora». Forse cento. Ma allora perché hanno fatto questa guerra? Come può un vecchio di cento anni, anche se è imperatore, comandare ai soldati? Non sono gli imperatori e i re che comandano. E chi allora? I generali? I ministri? Gli sembrava che le manovre e le riviste militari fossero state un gioco per far divertire l'imperatore; e che la guerra, come aveva visto sulle sue montagne, non era che il gioco di altre persone piú potenti dell'imperatore Francesco Giuseppe e del re Vittorio Emanuele.

Von Richer, il comandante responsabile dei civili internati nel lager, mise al braccio sinistro una fascia di seta nera in segno di lutto e per una settimana non parlò nemmeno ai militari di servizio; ordinava solamente con gesti rapidi e trattenuti.

E la pioggia sottile, grigia, continua, rigava i vetri dietro le inferriate da dove gli occhi del vecchio Tönle guardavano fissi per cercare un segno qualsiasi di una primavera impossibile.

Lentissimamente si avvicinava il Natale; attraverso i rari squarci delle nubi grige e sfilacciate sopra la campagna e gli alberi nudi, Tönle qualche volta riusciva a vedere con struggente malinconia la neve sulle montagne a ovest di Linz: pensava che dietro quelle montagne ce n'erano altre ancora piú alte, che a un certo punto l'acqua dei fiumi scendeva per l'altro versante dove c'era il solivo, e lí, nelle montagne al solivo, c'era la sua casa con il ciliegio sul tetto.

Alla notte, sdraiato sul saccone di trucioli sopra l'intavolato, stava con gli occhi aperti a fissare nell'oscurità le capriate della baracca e sempre, verso l'alba, una forte irrequietezza l'assaliva. Ascoltava il passo monotono delle sentinelle, le parole nei sogni, i sospiri, le preghiere e le bestemmie dei compagni di baracca, il piangere dei bambini nel settore delle donne.

Una di quelle mattine, assieme ad altri, lo fecero andare alla stazione per scaricare dai vagoni i cavoli per le cucine del lager. Andò di buon animo anche perché facendo qualcosa il tempo gli scorreva meglio. Lavorarono per ore lanciandosi a passamano i grossi cavoli che venivano stipati sui carri tirati da cavalli magri e piagati, scartati dall'esercito. Ma quando l'ultimo vagone di cavoli stava per finire e le guardie si erano distratte a bere la birra nel buffet della stazione, Tönle decise di andarsene, e senza far parola si infilò la giacca, fece la finzione di orinare contro una siepe e poi la passò e lesto camminò per la campagna tutta impregnata d'acqua che gli si apriva davanti.

Per un paio di ore cercò di camminare nascosto da alberi e fossi, poi andò tranquillo. In una strada tra i campi incontrò un giovane idiota che guidava un carro tirato da una cavalla sformata per l'età; parlò con lui e salí sul carro facendo assieme un bel po' di strada; anzi, quando arrivò nella casa colonica che l'idiota abitava con sua madre, questa lo invitò a starsene là con loro, se ne aveva voglia, a dargli una mano nei lavori, ora che tutti erano alla guerra.

Si fermò un paio di giorni, ma poi riprese la sua strada. Pensava di risalire le correnti dei fiumi fino allo spartiacque, e poi discenderlo. Non era la prima volta che lo faceva! Solo che ora gli anni sulle gambe erano tanti, e c'era la guerra, e doveva stare attento a non farsi riprendere.

Camminava evitando le città e i paesi piú grossi; si fermava a fare dei piccoli lavori nelle case isolate a mezza montagna e nessuno sospettava di lui: era solamente un vecchio vagabondo di poche parole che cercava in qualche modo di prolungare i suoi anni.

Andando cosí, in due settimane aveva fatto un centinaio di chilometri giungendo a Trofaiach, nei pressi di Leoben, e fu qui, in un'osteria, che un gendarme di passaggio troppo zelante, vedendolo cosí trasandato e pensandolo bisognoso di assistenza, gli chiese una carta di riconoscimento. Dal suo portafogli consunto Tönle levò il foglio dove si attestava il suo servizio militare per l'imperatore Francesco Giuseppe, ma su quello stesso foglio, ahimè, risultava pure il luogo di nascita, e questo ora non era piú in Austria. Ciò insospettí il gendarme che volle saperne di piú e che lo indusse a rovistare tra le altre carte del portafogli: c'era un ingaggio di lavoro, il ricordo del trigesimo di sua moglie con la fotografia, un'altra fotografia di fattura tipicamente americana dei suoi figli emigrati e, anche e purtroppo, il foglio di ricevuta del gregge e del cane che gli erano stati requisiti.

Il gendarme lo invitò ad alzarsi dal tavolo, si era seduto per bere una birra piccola, e si fece seguire in caserma, a Leoben, dove lo interrogarono a lungo e con pazienza nel caldo di un ufficio mentre fuori cadeva la neve.

Ma il vecchio testardo non voleva rispondere o rispondeva a suo modo. Lo rinchiusero in attesa di accertamenti e quando dopo tre o quattro giorni arrivarono le risposte, lo fecero salire su un treno e lo portarono ancora a Katzenau dove il barone von Richer lo riaccolse facendogli un rimprovero che in fondo nascondeva anche comprensione e ammirazione.

Sul lager, due giorni prima di Natale, l'acqua sottile e grigia si cambiò in neve pesante e bagnata: dapprima si impastò con il fango; poi tutto coperse. La mattina del 25 dicembre quando Tönle, dopo aver pulito con la mano i vetri appannati, guardò dalla finestra inferriata, lesse sulla neve davanti alla baracca a grandi caratteri gotici: FROHE WEIHNACHTEN!

Era stata una guardia durante l'ultimo turno di notte, mentre lontano si sentivano le prime campane dei villaggi.

Ma intanto che succedeva quello che abbiamo raccontato, tante altre cose accadevano ai congiunti di Tönle e ai nostri paesani profughi per la pianura del Veneto e oltre.

Per ordine prefettizio la sede del comune si era improvvisata a Noventa, e lí sindaco, assessori, impiegati, messo e guardaboschi si davano da fare per reperire o aver notizie dei paesani dispersi per registrarli, trovarne il domicilio, farli assistere secondo le possibilità e il bisogno in collaborazione con autorità civili e militari e comitati appositamente istituiti.

Ma è anche vero che a questa nostra gente che tutto aveva perso con la guerra non sempre, non sempre, veniva corrisposto aiuto materiale, affetto e comprensione dai compatrioti del regno. Per la nostra antica tradizione di autogoverno, per il carattere, per il linguaggio strano e antichissimo, per l'aspetto misero, il fare riservato e rustico erano, i nostri montanari, considerati filoaustriaci, selvatici e, financo, tacciati da traditori in quanto avevano permesso all'odiato nemico di invadere il sacro suolo della patria; come se donne, vecchi, bambini, ammalati avessero dovuto con i loro petti far fronte ai cannoni e alla mitraglia! E cosí a loro era venuto naturale il sospetto che qualche generale avesse ad arte fatto circolare delle voci di «tradimento» da parte della nostra gente per scaricare cosí la propria inettitudine e faciloneria e non far cadere, quindi, sul suo comando e sulle truppe da lui malamente comandate la colpa del successo austriaco; del resto, poi, subito contenuto quando Cadorna ordinò delle sostituzioni, o dei cambiamenti.

Insomma, quando dopo un paio di mesi da quel maggio 1916 si poté fare un censimento dei profughi ci si accorse che mancava anche il nostro vecchio Tönle Bintarn; e non fu possibile rintracciarlo in qualche casolare della Pedemontana, né tra le campagne verso le lagune dove da tempo immemorabile andavano a svernare le nostre greggi. Solamente Bepi Pûne, il ragazzo che aveva avuto in custodia le pecore del Pàrlío che era stato richiamato nel battaglione Sette Comuni, riferí di averlo visto risalire verso i boschi quel giorno che tutti scappavano in senso inverso.

Da Noventa il sindaco fece scrivere alla Croce Rossa per sentire se era possibile, attraverso la Confederazione Svizzera, avere qualche notizia da parte nemica. A Milano il figlio dell'avvocato Bischofar, che lí si era portato con la famiglia e miseramente viveva in periferia a Porta Ticinese, andò al Comitato di assistenza per i profughi di guerra – Patronato Lyceum femminile, non per chiedere aiuto per sé, ma con i dati anagrafici del nostro vecchio che un suo amico gli aveva fatto pervenire affinché si interessasse al caso. E cosí anche le Dame Milanesi si diedero da fare e attraverso curie, croci rosse, comitati vari, si venne a sapere finalmente che era vivo, in un campo di concentramento dell'Austria, nei dintorni di Linz; e si poté darne notizia alle figlie e ai nipoti rifugiatisi in quel di Varese, ai due figli alpini che ora combattevano verso l'Ortigara e agli altri tre in America.

Dopo circa un anno, per incarico della Croce Rossa Italiana, sezione del Lyceum femminile di Milano, un prete ticinese poté fare visita al lager di Katzenau per controllare le condizioni degli internati civili e proporre alle autorità austriache il rilascio e l'invio in Italia, via Svizzera, degli ammalati, delle donne e dei bambini contro altrettanti prigionieri austro-ungarici feriti, in modo tale, però, da non potere, una volta guariti, riprendere le armi.

Già nel mese di luglio c'era stato uno scambio e un centinaio di civili era potuto ritornare.

Il responsabile degli internati, il barone von Richer che portava il lutto per la morte di Francesco Giuseppe, ascoltò con molto distacco la proposta del prete anche se nell'animo ne era lieto, in quanto erano incominciate serie difficoltà sia per il vettovagliamento e sia per le condizioni igienico-sanitarie.

Al prete ticinese fu permesso di girare il campo e quando nel sopralluogo vide solitario e da una parte il nostro sdegnoso vecchio che guardava assorto delle foglie di tasso verbasco che aveva messo a essiccare al sole al fine di poi fumarsele nella sua pipa nera, crostosa e insalivata, si avvicinò per osservarlo meglio. Si avvicinò ancora e il vecchio non alzò gli occhi ma quando vide l'ombra di un uomo sulle foglie disse: – Spostati, devono seccare.

Il prete parlò, allora, chiedendogli con garbo da dove veniva, quanti anni, cosa faceva, come stesse in salute. Si fece ripetere il nome, lo segnò sul taccuino e se ne andò senza ricevere risposta al suo saluto.

Chissà perché von Richer fece tanta resistenza alla richiesta di includere Tönle nell'elenco dei rimpatriandi; forse gli era stato particolarmente raccomandato dalla gendarmeria, forse perché temevano che riferisse qualcosa su quanto aveva visto nelle retrovie del fronte, forse perché un giorno era stato soldato dell'imperiale e regio esercito (e penso che questa sia stata la ragione principale), o perché parlava dialetti austriaci e tedeschi, e boemo, ungherese, croato, italiano e quello strano linguaggio detto cimbro.

Ma il prete ticinese era testardo almeno quanto il barone von Richer, che alla fine convinse di mandare a chiamare e sentire quel vecchio strambo e scontroso. Insomma dopo molte reticenze riuscirono a farlo parlare e in perfetto tedesco disse che sí, sarebbe ritornato a casa, ma che lí avrebbero dovuto fargli ritrovare le sue pecore e il cane che i soldati gli avevano preso, anzi che i gendarmi gli avevano sequestrato dopo essere stato preso dai soldati. Aveva ricevuta. E dicendo questo tirò fuori il portafogli da una tasca molto bene nascosta nella cacciatora di fustagno, e da questo una carta ripiegata che distese davanti ai due invitandoli a leggerla.

Von Richer e il prete lessero e si guardarono in viso, poi dissero di sí. Gli avrebbero fatto ritrovare le pecore e il cane, ma Tönle capí che quella era una pietosa menzogna, anche verso se stesso, e un sorriso tra l'ironico e il malinconico, un sorriso da pastore, gli passò per gli occhi. Certo i due non lo capirono, ma il suo nome venne messo nell'elenco dei rimpatriandi.

7

Le copie di quell'elenco incominciarono a viaggiare da un ufficio all'altro, da Vienna a Roma, da Ginevra a Milano; registrate su protocolli, timbrate, attergate; e le lettere d'accompagnamento riscontrate, assicurate nell'adempimento, accusate ricevuta. Ancora gli elenchi reciproci, spuntati e collazionati.

Intanto passavano mesi e settimane, l'autunno del 1917 venne alle porte. Tönle seppe di una offensiva italiana fatta sulle nostre montagne, e fallita: era quella divenuta famosa dell'Ortigara.

Riprese a piovere e il tempo ritornò lentissimo come un'acqua limacciosa. Sempre piú emaciati e tristi e irascibili erano gli internati di Katzenau, sempre piú grandi gli occhi di quei bambini che lo chiamavano nonno, sempre meno giocosi i ragazzi. E piú numerose ora le morti, che non erano come quella di Francesco Giuseppe quasi centenario nel suo letto e nella sua grande casa. Vennero anche i fatti di Caporetto che subito si seppero e sembrava che la guerra stesse per finire, ma vennero anche i fatti del Piave e la guerra continuò.

Era dicembre e da giorni non faceva che piovere; nel campo degli internati di Katzenau l'umidità e la muffa erano nell'aria, nelle baracche, nel pane di segatura e nell'animo della gente. Battendo con una verga di ferro su un pezzo di rotaia appeso a un'impalcatura, un giorno chiamarono all'adunata.

Chiamarono i nomi scritti su una lista munita di tanti timbri, inquadrarono da una parte i prescelti, gli fecero raccogliere quel poco di miserevole che ancora potevano aver conservato e, con passo stanco e sempre sotto quella pioggia sottile che batteva monotona, furono accompagnati alla stazione dove una tradotta era in attesa per caricarli.

Intanto il Comitato milanese della Croce Rossa aveva avvisato i parenti reperibili che il treno degli internati civili sarebbe arrivato alla stazione centrale nell'ora tale del giorno tale: che fossero presenti per accoglierli.

Ma quel treno fu lento e il viaggio lungo, per Salisburgo e Innsbruck, Landeck e Feldkirch da dove, finalmente, entrò in Svizzera e per i Grigioni e il Ticino arrivò giú a Milano un giorno dopo il previsto.

Era notte; i parenti che erano stati in attesa tutto il giorno, stanchi e infreddoliti avevano cercato rifugio nelle sale di attesa ma i piú erano nei luoghi di sosta approntati per i militari in transito dove, accompagnati dalle dame della Croce Rossa, era anche possibile avere una bevanda calda, una branda di tela e una coperta con pulci e pidocchi.

Tra la pioggia, sbuffi di vapore, fischi, stridore di freni la tradotta si fermò in un binario discosto. Dell'arrivo del treno la Croce Rossa era stata avvertita solamente pochi minuti prima sicché nessuno, tranne qualche manovale delle ferrovie, era lí sul marciapiede ad aspettare.

Intirizziti e con le membra divenute legnose per il lungo viaggio, con i loro poveri fagotti e languenti per la fame, i rimpatriati scesero a piccoli gruppi aiutandosi l'un l'altro, cercando con gli occhi tutt'intorno un viso amico che non c'era.

Capitolo sesto

Anche Tönle Bintarn scese tra i primi tenendo in braccio la bimbetta che poi lasciò alla madre, e non avendo con sé niente e non vedendo niente che potesse ora trattenerlo, si avviò con passo deciso e con la pipa spenta tra i denti verso una luce tenue che vedeva in fondo in fondo ai binari e che avrebbe potuto essere il fanale di coda di un altro treno.

Era invece il posto di ristoro per i militari in transito. Lí dentro era caldo e fumoso e facendosi largo senza tanti complimenti si avviò al bancone. Bruscamente un sergente gli chiese cosa volesse lui là dentro e da dove veniva. Lui piú bruscamente ancora con due parole gli disse da dove veniva e cosa cercava: tabacco per la pipa.

Intanto un soldato che era tra gli altri si avvicinò guardandolo fisso: – Sí, – disse dopo, – è lui. Non siete quel pastore che tre anni fa sulle montagne, quando abbiamo fatto i tiri, vi abbiamo ordinato di ritirarvi nel bosco con le pecore? – Anche Tönle lo guardò fisso in viso e riconobbe il giovane artigliere che gli aveva chiesto delle pecore e dei pascoli perché anche lui era pastore in Sardegna. Gli sembrò di avere ritrovato quello che aveva perduto. Ecco, pensò dopo un attimo, ecco uno al quale si può chiedere un poco di tabacco, e parlare e capirsi.

– Venite, – disse il soldato, – vi offro da bere.

Ma il sergente si intromise dicendo che i civili lí dentro non potevano restare, al che i soldati sghignazzarono in coro lanciando al suo indirizzo qualche aggettivo che lo fece stare zitto e moscio.

I due pastori che una singolare circostanza aveva fatto rincontrare si avviarono al bancone dove il piú giovane ordinò mezzo litro di vino e offrí al vecchio un astuccio di carta con cinque mezzi toscani. Era ormai un anno che sognava un tabacco cosí e nel palmo della mano sbriciolò mezzo sigaro: una buona parte la calcò nella pipa e l'altra la mise in bocca per masticarla.

Il vecchio fumava lentamente e con tanto avido gusto, fumava e raccontava con poche parole la sua avventura e quella delle pecore. Poi anche il soldato gli raccontò le sue vicende; quindi il vecchio scucí con le unghie il bordo della giacca, levò una moneta di cinque lire d'argento e ordinò ancora vino.

Sentiva che il cuore dopo tanto finalmente si riscaldava, e dopo il tabacco e la pipa si accorse di avere anche tanta fame e cosí ordinò pane e formaggio e ancora un litro di vino per i soldati che si erano avvicinati intorno per ascoltarlo.

Allora la porta si aprí e, con una sbuffata di nebbia e di odore di carbone, entrò nel ristoro una voce di donna che diceva in tono aspro: – C'è qui un vecchio civile?

– Noo, – risposero piú voci, – qui non ci sono vecchi.

Era accaduto che ai funzionari della Croce Rossa al controllo e all'appello, spuntando l'elenco, il vecchio non aveva risposto. Subito l'avevano cercato per tutta la stazione e una figlia che era venuta apposta da Varese, dove era profuga, era desolata e piangeva. – Forse è passato tra i controlli, è notte, – gli dicevano i funzionari, – sarà andato in città. Non pianga, vedrà che domani lo troveremo.

Venne il mattino e il soldato sardo doveva salire su una tradotta per rientrare al reggimento, verso il fronte dell'Altipiano. Il vecchio gli chiese: – Il tuo treno passa per Vicenza o per Padova?

– Credo di sí, – gli rispose.

– Allora salgo anch'io su quel treno.

E cosí, frammischiandosi ai soldati, salí dentro un carro bestiame; passò una ronda e tutto risultò in ordine, il treno fischiò, con il fanale il capotreno segnò via libera e la tradotta partí sferragliando tra un cozzare di respingenti e canti stonati di soldati.

Il treno andò tutto il giorno per la pianura, passando città e fiumi, a volte fermandosi in aperta campagna, a volte fuori dalle stazioni. A Vicenza passò via lentamente tra reparti di soldati inquadrati sulle panchine e altri treni carichi di materiali da guerra; il vecchio sbirciò dall'alta finestretta del carro verso le montagne che gli apparivano bianche tra le nuvole e pensò: «Presto arriverò a casa».

La tradotta si fermò a Cittadella, e qui i soldati scesero chiassando dopo avergli regalato tabacco, sigari, galletta, qualche scatoletta di carne e un tascapane fuori uso. Senza farsi notare dalle ronde di servizio e dopo aver salutato il pastore sardo che lo chiamava zio Antonio e gli parlava con il voi, sgattaiolò tra le siepi e la staccionata e uscí all'aperto verso la campagna.

Sapeva che poco lontano da questa città murata passava la strada dei pastori, quella che da secoli univa montagne e barene; perciò tagliò per i campi verso ponente sino ad incontrarla vicino alle rive del Brenta. Ma presto venne la notte, improvvisa, cosí si fermò in un casotto di canne di granturco, si sdraiò sullo strame, accese la pipa e dopo la fumata si addormentò stanco e quasi contento per la ritrovata indipendenza e libertà, per la casa e per tutto il resto che ormai sentiva vicino.

Lo destò, nel mezzo della notte, un parlare strano; immediatamente fu ben sveglio e tese le orecchie rimanendo immobile: non riusciva a capire cosa stessero dicendo sottovoce quelle persone all'esterno: non gli sembrava un dialetto italiano e nemmeno tedesco. Non si mosse e solamente aprí gli occhi quando due soldati entrarono nel capanno e accesero un fiammifero. Risero al vedere quel vecchio cosí rannicchiato, con gli occhi vivi come un animale notturno; uno mise mano in una tasca della giacca, levò un pacchetto di sigarette e glielo buttò. Il vecchio non seppe in che lingua ringraziarli; uscirono, parlarono con quelli che aspettavano fuori e si allontanarono nella notte.

Di tutto questo il vecchio non poteva avere sorpresa; solamente, ecco, non poteva sapere che quella era una pattuglia inglese della Royal Garrison Artillery, arrivata nella zona dopo i fatti di Caporetto.

Prima dell'alba si alzò a sedere, mise in bocca un pezzo di galletta per insalivarlo bene prima di masticarlo, accese anche la pipa e uscí per raggiungere la riva del Brenta per poi risalirlo verso le montagne che grige e coperte di nubi si levavano a nord. E fu cosí, nelle prime luci dell'alba, che risentí il rumore dei cannoni.

Intanto, siccome risultava che a Katzenau sul treno era salito, e per la Svizzera transitato, e che al controllo di Chiasso pure risultava presente, e che a Milano era arrivato come aveva testimoniato la madre della bimbetta, era da dare per certa la sua scomparsa a partire dalla stazione centrale. Cosí, allora, le autorità della Croce Rossa avvisarono il nostro sindaco a Noventa, i comitati vari, i sindaci dei comuni della Pedemontana, i carabinieri, le guardie, i posti di blocco e, anche, vennero avvisati per ultimi i suoi due figli Matío e Petar che erano fortunosamente sopravvissuti alle battaglie per conquistare l'Ortigara e a quelle per tenere il Monte Fior. Ora, con il battaglione, erano ripiegati sull'ultima linea di «difesa ad oltranza» lungo i roccioni che strapiombano sul Canale del Brenta. Il colonnello Magliano mandò a chiamare il piú anziano dei due, il comando era in una grotta sotto il Sasso Rosso, e, firmatogli un permesso speciale di tre giorni (speciale, è proprio il caso di dirlo perché, data la situazione, ogni licenza e permesso erano stati sospesi, ma il colonnello Magliano aveva buona memoria e si ricordava di quel vecchio singolare), disse a Petar di andare alla ricerca del padre che quasi di certo era arrivato nella zona.

Come Tönle si avvicinava alle montagne e, con il trascorrere del giorno, sempre piú distinto sentiva il rumore del cannoneggiamento, camminava lento, apparentemente distratto ma invece attentissimo a quello che gli stava accadendo attorno. Evitava carabinieri, pattuglie, ufficiali, mentre gli era indifferente camminare al fianco di reparti inquadrati che marciavano per strade secondarie che si innalzavano verso i boschi. Per le strade principali salivano lunghe file di camion e traini d'artiglieria.

Dopo aver evitato Bassano e Marostica, girando al largo di Vallonara e Crosara, andava ora verso Santa Caterina e quando passò il cippo che segnava il confine tra la Repubblica Veneta e i Sette Comuni, tirò un sospiro di sollievo: dopo tutto questo l'indomani sarebbe arrivato a casa.

Nel salire verso Conco per una mulattiera tra i castagni e i noci si accodò a un reggimento di fanteria che stava andando verso l'Altipiano. Erano quasi tutti soldati sardi che durante la sosta regolamentare gli raccontarono che da piú di un anno erano per queste montagne e per questi boschi; che avevano combattuto sul Monte Fior e sul Monte Zebio. Si fece spiegare, allora, dove passavano le trincee, come fossero il paese e le contrade; se tedeschi o italiani, insomma, li occupavano.

Capí chiaramente, allora, che in quel giugno dell'anno prima, pochi giorni dopo che gli austriaci lo portassero via con le pecore, i soldati italiani avevano rioccupato la sua contrada e che gli imperiali si erano ritirati sul Porchecche.

Mentre cosí discorrevano tranquilli si era avvicinato al gruppo un capitano alto e asciutto, dallo sguardo vivido: – Zio, – disse improvvisamente questo capitano, e i soldati alla sua voce accennarono ad alzarsi in piedi ma lui li fermò con un cenno di mano, – zio, dove volete andare?

– A casa, – rispose Tönle levandosi la pipa da bocca, – a casa mia.

– Dove abitate?

Tönle Bintarn disse il nome della contrada e il capitano Emilio Lussu sorrise con tristezza: – Gli austriaci l'hanno ripresa in questi giorni. Ritornate in pianura, – disse, – e aspettate che finisca tutto. Non avete parenti?

– Battaglione, zaino in spalla! Avanti! – si sentí gridare in testa alla colonna che sostava. E poi: – Capitano Lussu, fate serrare sotto i ritardatari!

Brontolando e lanciando motti i soldati si caricarono le spalle dei loro fardelli e ripresero ad andare verso il rumore dei cannoni; Tönle non li seguí. Ma nemmeno ritornò indietro; li lasciò andare avanti e vide il capitano alto e diritto fargli un cenno con la mano, un cenno di saluto e di: ritornate indietro.

Incominciava l'imbrunire e l'aria si faceva fredda e umida; riprese a camminare seguendo un sentiero a mezzacosta che lo condusse a una piccola stalla per il ricovero estivo degli animali; in un angolo c'era un mucchio di foglie secche, foglie di faggio morbide e fruscianti; vi si distese sopra e si coprí per ripararsi dal freddo. Pensava, a una cert'ora della notte, di rimettersi in strada verso la sua casa: in tre ore, anche andando lento e cauto per evitare i militari, ci sarebbe arrivato.

Ricaricò l'orologio, mangiò qualcosa di quello che ancora aveva nel tascapane, accese la pipa e aspettò che il tempo scorresse. Quando con precauzione accese un fiammifero per guardare l'ora erano le tre. Dopo un poco si alzò, si pulí dalle foglie e uscí.

Le nubi erano tutte andate in basso verso la pianura e il cielo verso i monti si presentava limpido e freddo, e il freddo e le tante stelle gli ricordavano proprio il cielo invernale sopra il tetto di casa, con l'odore del fumo di legna, e la neve, e i canti di Natale. «Dovrebbe proprio essere Natale, ormai», pensò.

Appoggiato al muro a secco c'era un bastone abbandonato da qualche vaccaro nella stagione del pascolo, lo prese e si avviò. Andò via di passo lesto, il passo di quando varcava i confini tanti anni prima. Evitò contrade, baraccamenti militari, compagnie di operai militarizzati, batterie di grossi calibri, posti di blocco. Ma per fare questo dovette impiegare piú tempo del previsto e quando arrivò all'inizio del grande bosco nero che verso la pianura chiude i nostri monti, si era già fatto giorno.

Ora, per il bosco, poteva camminare piú sicuro e prese il sentiero alto lungo il confine tra due comuni, che conduce verso il Monte Sprunch. Ma a un certo punto non gli fu possibile passare: girava e rigirava e sempre andava a imbattersi o in una batteria nascosta tra gli abeti, o in una trincea di seconda linea, o in un groviglio di reticolati. Allora abbandonò ogni precauzione e infilò la Barental. Venne fermato da un sottotenente dell'artiglieria da montagna, portato al comando di batteria, perquisito e interrogato.

Il capitano non riuscí di fargli capire ragione; e nemmeno il vecchio al capitano.

– Senti, – disse infine il capitano al sottotenente, – qui perdiamo tempo e da un momento all'altro potrebbero chiedere il nostro intervento; ascolta come sparano verso il Valbella. Porta 'sto vecchio testardo all'osservatorio, con il periscopio fagli vedere la sua casa e poi mandalo al diavolo!

Andarono loro due all'osservatorio delle Nisce; il sottotenente si fece spiegare bene qual era la sua casa e gli puntò sopra il periscopio invitandolo a guardare attraverso gli oculari.

Subito Tönle vide che non c'era un ciliegio sul tetto, e nemmeno un tetto, e i muri sbrecciati e anneriti, e l'orto sul davanti sconvolto da profonde buche che in superficie al posto della terra nera e grassa avevano riportato i sassi bianchi come ossa: «Questa non è la mia casa», pensò. Ma poi continuando a guardare in silenzio e vedendo il Moor dietro e i ruderi delle altre case della contrada, e i campetti a terrazzo, e il Grabo e i resti del Prunnele davanti, capí che tutto quello era stato. Da dietro il Grabo vide improvvise salire quattro nuvolette di fumo e poi molti soldati austriaci che correvano curvi.

Ma anche il sottotenente che osservava con il binocolo vide le quattro nuvolette e i soldati e con un braccio scostò il vecchio, si chinò al telefono, chiamò il comando di batteria, diede i dati di tiro. Subito dopo lí vicino quattro cannoni spararono a tiro celere e le bombe andarono a scoppiare attorno alla casa e sul prato dietro.

Era il 24 dicembre del 1917, gli austriaci avevano iniziato la battaglia di sfondamento per aggirare il Monte Grappa e il Piave. Tutti i cannoni dall'una e dall'altra parte incominciarono a sparare, i reggimenti austriaci e ungheresi uscirono all'assalto per raggiungere Venezia, come aveva promesso loro l'imperatore Carlo che dall'alto delle Melette guardava compiaciuto l'azione. I reggimenti italiani uscirono al contrattacco per riprendere trincee e ridotte; le mitragliatrici falciavano gli uomini e nelle vallette sconvolte tra reticolati e alberi rinsecchiti stagnavano gialle nuvole di gas asfissianti. La neve diventava grigia di fumo e rossa di sangue.

Di Tönle Bintarn piú nessuno ormai si curava, altre cose avevano da fare i militari; seduto in un angolo dell'osservatorio e con la pipa spenta tra i denti sentiva le bombe scoppiargli attorno e passargli sopra la testa. Quando si pensò di guardare da una feritoia vide il paese laggiú oltre i prati. Ma non c'erano piú prati: neve, sassi, reticolati, cadaveri di soldati erano tutti mischiati assieme. Al posto del paese c'era un cumulo di pietre; né c'erano piú i grandi alberi sopra le tombe del cimitero dietro la chiesa.

I militari erano sempre intenti alle loro faccende e allora, lentamente, si allontanò lungo il camminamento, e quando fu nel bosco piú fitto uscí dal camminamento e scese lentamente dai monti come avevano fatto gli altri profughi nel maggio dell'anno prima. Anche questa volta erano schianti di cannonate, incendi, reparti che salivano, autoambulanze e portaferiti che scendevano. Ma ormai lassú non restava piú niente da distruggere, e piú niente per poter vivere.

Tönle camminava lentamente per il bosco del Camporossignolo, con passo stanco, incrociando i soldati che salivano in silenzio verso il combattimento e seguendo il lamento delle barelle dei feriti. La sua vecchia cacciatora di fustagno sapeva ancora di sale e di pecora.

Lasciò il bosco, la strada, i sentieri e si fermò a passare un'altra notte in uno stabbio nascosto tra citisi e ontani, dentro una forra dove donnole e gatti rinselvatichiti trovavano ricovero.

Il rumore del combattimento era un poco scemato ma all'alba lo fece uscire dal torpore un fracasso ininterrotto e di sempre maggiore intensità; si rese conto che tutti i cannoni, anche quelli di grosso calibro appostati sui margini inferiori dell'Altipiano, sparavano a fuoco continuo. Gli ritornò l'immagine di quanto aveva visto attraverso lo strumento dell'osservatorio delle Nisce e si rincantucciò tra lo strame come un'agnella infreddolita, non certo per paura ma per pietà.

Durante il giorno, come folate di vento che improvvisamente si scatena, cosí si accendeva e si affievoliva la battaglia che si placò un poco solamente verso sera.

Allora Tönle Bintarn uscí dal suo rifugio e si avviò verso la pianura. Oramai aveva deciso di arrivare in qualche paese ancora abitato, chiedere dei profughi della nostra terra, ritrovare le figlie e i nipoti e aspettare la fine. A un rivolo bevette avidamente e si rinfrescò il viso. Camminò per sentieri molto ripidi, a volte per scendere si teneva ai rami degli alberi o alle radici dei cespugli; passò per i prati lucenti di brina, per i zappativi induriti dal gelo. Poi l'aria all'improvviso divenne piú tiepida, come di primavera.

Senza volerlo era giunto in quel luogo singolare ai piedi delle nostre montagne e prima dell'inizio della grande pianura, dove maturano fichi dolcissimi, l'uva zibibbo e crescono gli ulivi.

Si sentiva bene ora, non c'erano piú rumori di battaglia ma solamente un vento leggero tra i rami degli ulivi. Scendeva la sera e anche la pianura verso il mare si rasserenava: il cielo prendeva il colore dell'acqua marina. Si sedette sotto un ulivo, ricaricò l'orologio senza sapere che le ore trascorse di quel giorno erano quelle di Natale; accese la pipa, si appoggiò al tronco dicendo a voce alta: – Sembra una sera di primavera, – e si ricordò quella di tanti anni prima quando dal margine del bosco aspettava che l'ombra della notte facesse svanire il ciliegio sul tetto per rientrare in casa.

Il mattino dopo il combattimento si era esaurito come quando un temporale non trova piú nubi e saette. I soldati si riposavano esausti sulle posizioni sconvolte e i feriti venivano avviati verso le retrovie. Il tenente Filippo Sacchi doveva recarsi al comando del IX Gruppo alpini, dal colonnello Scandolara, per rilevare e riferire dati al comando della 52ª Divisione; pensava anche, nel tragitto, dato che la giornata era bella e calma, d'entrare nell'abbazia di Campese, che era sulla sua strada, per rendere omaggio alla tomba di Teofilo Folengo.

Andava cosí soprappensiero quando nei pressi di San Michele, dove i benedettini secoli addietro avevano piantato quegli ulivi, vide un vecchio appoggiato a un tronco, tranquillo e con la pipa in mano: – Buon giorno! – gli disse. Ma non ebbe risposta. Forse è sordo, pensò, e gli fece un cenno con la mano. Nemmeno al cenno rispose e quando gli fu vicino si accorse che era morto. Si guardò attorno, subito non vide nessuno, poi sentí un passo sulla strada che girava sopra e chiamò. Venne un soldato piuttosto scalcagnato, con elmetto in testa e mantellina a tracolla. – Scendi giú, – gli disse il tenente, – dobbiamo fare qualcosa. C'è un vecchio morto.

Ero stato nel bosco a fare la legna per l'inverno e non c'era nessuno in casa a rispondere al telefono. Non sapevo.

Come le altre sere, prima di cena, andavo da Gigi. Camminavo pensando al suo male che giorno per giorno gli toglieva le forze ma non la volontà di vivere: «È straordinario», pensavo.

Nei campi attorno alla contrada stavano zappando le patate e dai camini fumava il fuoco della polenta. Pensavo anche alla storia che avevo finito e quale altra ancora avessi da raccontargli.

Salutando e rispondendo ai saluti giunsi alla sua casa: era tutto chiuso; e le sedie non erano fuori sull'intavolato davanti all'uscio; e non c'era la sua automobile sotto le betulle.

Con il cuore stretto e l'angoscia in gola arrivai alla casa dei Nappa per avere conferma. – È dovuto partire in fretta perché stava male, – mi dissero. – Avevano telefonato a casa tua, ma non c'eri.

Dalle montagne scendevano le prime ombre, mi sedetti davanti alla porta a guardare la vacca sul Moor come se lui fosse ancora lí con me.

Asiago, nel lungo inverno del 1977-78.

Indice

Stampato per conto della Casa editrice Einaudi
presso le Officine Fotolitografiche s. p. a., Casarile (Milano)

C.L. 34280

Ristampa	Anno
5 6 7 8 9 10 11	89 90 91 92 93